バナナケーキの幸福

アカナナ洋菓子店のほろ苦レシピ

山口恵以子

PHP
文芸文庫

○本表紙デザイン＋ロゴ＝川上成夫

CONTENTS

バナナケーキの幸福
アカナナ洋菓子店のほろ苦レシピ

第一章　5
第二章　29
第三章　91
第四章　151
エピローグ　223
特別収録　ケーキレシピ　235

第一章

加熱中のオーブンからあふれ出た馥郁たる香りは、厨房を満たし、売り場にまで広がっていく。この甘く爽やかな香りはバナナケーキだ。摺り下ろしたレモンの皮がバターと溶け合って誕生するこの匂いを嗅ぐと、舌の奥からよだれが湧いてくる。

配達用の容器には、先に焼き上がったダークフルーツケーキが並んでいた。ブランデーに半月漬け込んだドライフルーツをたっぷり使ったこのパウンドケーキは、芳醇な洋酒の香りをたっぷりとまとい、匂いだけでほろ酔い気分になる。

バナナケーキが初恋の味なら、ダークフルーツケーキは大人の秘め事の味かも。七はあら熱の取れたバナナケーキを丁寧にラップで包みながら、そんなことを思う。

二種類のケーキは、ここ〝アカナナ洋菓子店〟の二枚看板だった。店頭で販売する数より、都内の喫茶店やレストランに配達する数の方が多い。

特に今年は、昼間の営業を始めた屋形船から注文が来るようになった。屋形船といえば宴会料理のイメージだが、昼間はケーキとソフトドリンクが付いて、一時間遊覧するコースがあるのだという。しかも昼間に屋形船に乗るお客なんて土日か祝日に限られるかと思ったら、花見シーズンなどは平日でも結構予約が入るらしい。

アカナナ洋菓子店が店を構える街は、かつて公立の大学のキャンパスがあった、私鉄の急行停車駅である。渋谷や新宿へのアクセスも良いので人気が高く、地価も賃貸料も割高と言われている。

駅前に広がる商店街は、今風のお洒落な飲食店やカフェに交じって昔ながらの個人商店も多く、東京の西側の下町といった雰囲気がある。

栗田茜・七の母子がこの店を開店して十八年になる。跡継ぎに恵まれず廃業するパン屋の主人夫婦から、居抜きで買い受けた。それ以来、売り場は多少改修したものの、厨房設備はそのまま使っている。しかし、そろそろ寿命が近づいているのは確かで、今年か来年辺りは機材を一新しなくてはならないだろう。

「じゃ、行ってきます」

バンの荷台にケーキを入れた容器を積み込んで、七は運転席のドアを開けた。

「行ってらっしゃい。安全運転でね」

茜が店から表に出てきて声を掛けた。

十年一日どころか、もう二十年近く同じ作業を繰り返しているというのに、母は子供にでも言い聞かせるように、毎回同じ注意をする。母親というのはいくつになっても自分の子供を〝子供扱い〟せずにはいられない生き物らしい。それとも、茜が特別心配性なのか。

キチンとラップで包んであるのに、車の中にも二種類のケーキの香りが仄かに漂ってくる。レモンとバターとブランデーの香りが混ざり合い、嗅いでいると穏やかな気分になれる。

しかし、あの日は違った。バナナケーキの甘い香りを蹴散らして、不穏な空気が渦巻いていた……。

ノストラダムスの予言は外れ、二十世紀が終わっても〝空から恐怖の大王が降ってくる〟ことはなく、世界は滅亡しなかった。

ところが二十一世紀を迎えた早々に、茜と七は予想だにしなかった事態に巻き込まれ、崖っぷちに立たされる羽目になったのだ。

二〇〇一年の一月四日木曜日は仕事始めだった。

当時七は、安藤・丸山法律事務所で事務職員として働き始めて三年目だった。昭和三十年代に開設された歴史ある弁護士事務所で、大手町の新築ビルに居を構え、民事を専門に扱っていた。渉外案件と企業法務案件が主だが、たまに離婚訴訟も持ち込まれた。法曹界でも大手に属し、事務職員も全員法学部出身者だ。七は早稲田大学の法学部に合格したものの、司法試験への挑戦は在学中に諦めていた。卒業したのは就職氷河期の真っ只中だったので、安藤・丸山法律事務所のような優良企業に就職できたのは、運に恵まれたとしか言いようがなかった。

四日の仕事始めは所長と役員の挨拶の後、鏡開きをして御神酒をいただき、各自自由に解散するのが恒例になっていた。

「〝ヴェローナ〟にしない？　今日はランチ割引だって」

ベテラン事務員の横井都が周囲の後輩たちに言った。ヴェローナはイタリア料理店で、リーズナブルで美味しいと評判だ。

「あそこワインも豊富だし、心置きなく昼呑み出来るわよ」

「良いですね！」

都の言葉にみな賛同の声を上げた。仕事が出来て面倒見が良く、さっぱりした性格なので、男女を問わず好かれている。

まだ正月気分の抜けきらない、緩んだ雰囲気の事務所の中で、弁護士の友川遥真だけは手早く帰り支度を整え、「お先に失礼します」と挨拶して部屋を出て行った。

「これから依頼人の方と会うんですって。大変ね」

都はいくらか同情のこもった声で囁いた。七も同僚たちも同感だった。安藤・丸山法律事務所はほぼ民事専門だが、友川だけは経済案件の刑事事件を扱っていた。多くは詐欺事件で、立件までは持ち込めるものの、被害者救済の面では「負け戦」になる。

法律事務所に勤めて三年になり、七にも法律を通しての世の中の仕組みが、おぼろげながら分かってきた。だから友川が割に合わない仕事を引き受けていることが、不思議で仕方ない。他の弁護士たちはもっと成功報酬の多い、割に合う仕事しか引き受けないのに。

しかし、そんな感慨はすぐに「ヴェローナで何を食べようかな」という期待に取って代わられ、消し飛んでしまった。

つまり、当時の七はそれくらい世間の荒波とは無縁で、能天気に生きていたのだった。

その日はランチの後で、そのまま帰途についた。当時、恵比寿にあった家に戻ったのは午後三時ちょっと前だった。

「ただいま!」

玄関を入ると仄かに甘い香りが鼻先をくすぐった。すぐに母がバナナケーキを焼いたのだと分かった。

茜のバナナケーキとダークフルーツケーキは、七が中学生のとき、近所の古本屋で見つけた森村桂のエッセイに登場したものを参考にしている。「バター、砂糖、卵、小麦粉を二百五十グラムずつ入れて混ぜると合計で一キロになる」ので〝キャトルキャール〟（「四分の一が四つ」の意味）と呼ばれているのがパウンドケーキの基本レシピで、エッセイではそれにバナナや洋酒に漬けたドライフルーツを混ぜ込んで焼いていた。

美味しそうなので茜に頼んで二人で焼いてみた。それから二人ともすっかりハマってしまい、週末になると焼くようになった。やがて料理好きの茜は自分なりの工夫を重ね、独自のオリジナルレシピを完成させたのだ。

七は茜の焼くケーキの方が、売っているケーキより美味しいと思っている。お裾分けした喫茶店〝ルナール〟のマスター夫婦もそう言ってくれたから、きっと身贔屓ではないだろう。

「ママ、バナナケーキ焼いたの？」

リビングに入って声を掛けたが、ダイニングテーブルについている茜は背を向けたまま返事もせず、振り返ろうともしない。

「誰かお客さんでも来るの？」

年末にバナナケーキもダークフルーツケーキも三本ずつ焼いて、ご近所にもお裾分けした。家庭用にはまだ少し残っている。週末でもないのに焼いたなんて、来客があるのだろうか？

七はテーブルを回って茜の正面に腰を下ろそうとして、ハッと息を呑んだ。

茜の目は焦点を失い、表情が固まって能面のようになっている。茫然自失の態、というやつだろうか。

「ママ、どうしたの？」

少し大きな声を出すと、茜はやっと気が付いたようで、七に目の焦点を合わせた。

「パパがね……」

茜は無理矢理のように口を開いたが、次の言葉が出てこない様子だ。

「パパがどうしたの？」

父の敏彦は医師で、専門は循環器内科。十五年前、急死した兄の跡を継ぎ、実家の経営する私立関口総合病院の院長に就任した。茜より三歳年上で、この年の六月で五十三歳になる。

茜はやっと大きく息を吐くと、改めて声を絞り出した。

「離婚するって言うの」

七は三秒ほど口を半開きにしたままでいた。まさに青天の霹靂(へきれき)で、二の句が継げなかった。

やっと、「いきなり離婚はないだろう」という考えが頭に浮かんだ。普通、離婚という提案がされるまでには、夫婦の間で諍(いさか)いや口論があるはずだ。しかし、少なくとも七は、両親が言い争う現場を見ていなかった。離婚に至るほどの激しい対立が両親の間に存在しているとは、どうしても考えられなかった。

確かに父は家庭を顧(かえり)みない人ではあったが、特別母を嫌っている様子はなかった。無関心なだけで……。

「どうして？　理由は何だって？」

「別の人と結婚したいんだって」

七は衝動的に笑い出しそうになって、懸命に堪(こら)えた。職場で聞いた離婚案件はほとんどの場合、表の理由の裏には不倫が潜(ひそ)んでいた。自分の父親が離婚原因のど真ん中にいるとは、情けなくてバカバカしくて腹が立って、どうして良いか分からない。

「相手は、どんな人？」

「新しく来た女医さん。腎臓高血圧内科だったかしら」

相手が医者と聞いて、すべてがストンと腑に落ちた。すると、納得と入れ代わりに、怒りの感情が湧き上がった。

広尾にある関口総合病院は明治の終わりに開業し、敏彦の母、七には祖母に当たるはつ子が理事長で、経営権を握っていた。前院長だった敏彦の兄は妻も消化器内科の医師で、夫婦揃って関口総合病院に勤めていたが、十五年前、乗っていたハイヤーの事故で共に命を落とした。

そして敏彦が院長を継いだのだが、思えばそのときから何かが狂い始めた。七は幼心に、父が次第に自分と母のいる家庭を顧みなくなり、祖母の家に引き寄せられていくのを感じた。

関口家は恵比寿に二百坪を超える土地を有し、そこに二棟の家を建てた。祖母の住まいは邸宅と呼ぶにふさわしい壮大な建築で、七たち親子はそれより二回り小さい、それでも世間から見れば立派な家に住んでいた。

祖母の家には父の妹で、七には叔母に当たるみつ子が同居している。呼吸器内科の医師で、結婚しないまま実家の病院で働いていた。

つまり、父の家は医者一家だった。祖母は身内に病院の主要ポストを独占させていた。そして関口家の家運を一身に担っていた長男を失うと、今度はその責務を次男である敏彦に担わせ、同時に長男に注いでいた期待と愛情をそっくり敏彦に傾注したのだった。

その中で、関口家には茜に対する不満が露骨に現れた。茜が医師だったら関口家の困難に共に立ち向かえたのに、少なくとも何かの役には立ったのに、ただの主婦ではお荷物でしかない……という勝手な理屈だった。

敏彦だって、最初は医療とまるで関係ないところが気に入って茜と結婚したはずだった。「仕事も家庭も医者に囲まれていたら安らげない」と、言葉に出して言ったことさえあった。

それなのに、単なる勤務医から院長に立場が変わった途端、母と妹に感化され、医師と結婚しなかったのを後悔……とまではいかずとも「ちょっとミスったかな」と思い始めているようだった。そして、その思いは徐々に大きくなっていったのだろう。

七は母だけでなく、自分にも無関心だった父の姿をありありと思い出した。何かの本で読んだ「愛の反対は憎しみではない。無関心だ」という言葉が、胸の中にくっきりと浮かび上がってきた。

「それで、ママはどうするの？」

「……分からない。どうすれば良いのか」

茜は次第にショック状態から立ち直ったのか、感情が激してきたようで、目に涙を浮かべて声を震わせた。

「パパはね、ママに出て行けって言うの。この家も土地も病院も、パパがお祖父ちゃんから受け継いだもので、ママには何の権利もない。だから離婚したら出て行けって。そんな言い草、ある？」

しかし、七は茜の高ぶった気持ちをクールダウンさせるため、あえて冷たく言い放った。

「離婚するしかないわよね。向こうの女とは結婚の約束をしているだろうから、パパだって後戻りは出来ないし」

茜は目の前にネズミの死骸でもぶら下げられたように、椅子から腰を浮かせて叫んだ。

「イヤよ！　どうしてママが出て行かなくちゃならないの！　悪いのはパパなの

に！」

その声はヒステリックで、醜くひび割れていた。七は母のそんな声を聞いたことがなかった。母の怒りと悲しみ、口惜しさが鼓膜から脳髄に、そして心へと染み渡った。

その瞬間、導火線に火がついて、七の怒りが大爆発した。

「そうよ、悪いのはパパよ！　だからパパが出て行くべきよ」

七は力強く答えた。自分が法律事務所に就職したのは、もしかしたらこの瞬間のためだったのかも知れない、と思いながら。

「……でも、それは無理だわ。この家はパパのものだし」

七の剣幕に気圧されたのか、茜はいくらか冷静さを取り戻した。

すると、今度は七の方が激昂した。

「あのね、結婚して二十年以上になるんだから、家は夫婦の共有財産なの！　だからママは当然の権利としてこの家の半分がもらえるのよ」

茜は七の言葉が理解できず、困惑して目を泳がせた。

「この家でパパと女医さんと一緒に暮らせって言うの？」

「そうじゃなくて、この家の半分を売って、私と二人で新しい家に住むのよ。法律用語で言うと、持ち家の財産分与」

財産分与は調停が始まってから話し合いで決めるのだが、調停開始前に相手が財産を処分したり隠匿したりする場合もある。それを防ぐため、民事保全手続きによって、調停前の財産仮差押えという手段を行使することが出来る。

「早い話が、離婚が成立するまで、この家と預貯金、家具調度を差し押えるわけ。パパが勝手に売ったり隠したり出来ないように」

茜はようやく納得した顔になったが、今度は弱気の虫が頭をもたげてきた。

「でも、そんなことしなくても、パパだって無一文でママを追い出したりはしないと思うのよ。ほら、見栄っ張りだから、外聞の悪いことは嫌がるでしょ」

「何、ぬるいこと言ってるのよ！」

父は妻子がありながらよその女に手を出して母を追い出そうとしているのだ。こんな外聞の悪いことがあるだろうか。

一気にまくし立てようとして、七はすんでのところで思い止まった。茜は元々人が好くて気が優しい。攻撃的な言動にはためらいがあるのだ。

「確かに、離婚原因はパパにあるんだから、普通に調停になればそれ相応の慰謝料はもらえるかも知れない。でも、ママはそれで良いの？」

茜はもう一度自分の気持ちを確かめるように俯いた。

「ママはね、舐められてるのよ。どんな理不尽なことされても逆らう力がないと思われてるのよ。今頃、パパとお祖母ちゃんと叔母さんはしてやったりと思ってるでしょうね。ママを追い出して新しい女医さんを身内に出来るわけだし。慰謝料なんて、パパにしてみたらはした金だわ。いずれ関口総合病院がそっくり手に入るんだから」

七は茜の顔を見つめて声に力を込めた。

「口惜しいと思わない？　ここまでないがしろにされて、反撃もしないで身をひくなんて」

茜がパッと顔を上げた。瞳に再び火が灯った。姑のはつ子と小姑のみつ子とは、結婚以来ずっと確執があった。二人の名を出されて、今更のように鬱積した思いが湧き出したのだろう。

七も祖母と叔母にはあまり親しい感情を抱いていない。子供の頃から、七は二人に可愛がられたという記憶がなかった。遊びに行くとまず、「ここここには触らないように。この部屋とこの部屋には入らないように。これとこれはやってはいけない」と、細かな注意事項を言い渡された。帰り際には言いつけが守られたかどうか、一々チェックしている気配があった。だから、祖母の家に行くと、ずっと緊張して黙って座っているばかりで、何一つ楽しい思い出がなかった。

それはおそらく茜も同様のはずだ。一通り挨拶を済ませると、茜はいつもキッチンに引っ込んで、通いの家政婦さんと並んで立ち働いた。七は母が祖母の家で、ゆっくりソファに座ってお茶を飲んでいる姿を見た記憶がない。

七が大学生になった頃から、祖母の家を訪れるのは、年始の挨拶くらいになった。それ以外に顔を合わせるのは祖父と伯父の法要の席だった。同じ敷地内に住んでいるのに尋常ではないが、七も茜も、二人の顔を見ないで済むので清々していた。

それははつ子とみつ子も同じだったはずだ。敏彦や事務方の職員を通して、七が医学部ではなく、私大の法学部に入学したことに対する落胆と不満が、折に触れて伝わってきた。

「茜さんがもう少し優秀だったら、敏彦の子供が医学部に入れないわけなかったのに」

とまで言われて、茜は大いに傷ついた。私立の短大を卒業して丸の内の会社に勤め、寿退社（ことぶきたいしゃ）した経歴は、同年代の女性にとっては順調なコースであり、非難されるいわれはどこにもなかった。それを今更難癖をつけるとは、理不尽極まりない。

七の方は、それを聞いて祖母と叔母に対して「こりゃ、だめだ」と見切りをつけた。医学部受験は最も熾烈な競争で、生なかの頭脳の持ち主では突破できない。そんなことも分からずに勝手なことを言う相手は、度し難いと思った。そういう人たちは、こちらから歩み寄ろうとしても、徒労でしかない。無視するに限る。七は迷わず気持ちを決めた。

「パパとお祖母ちゃんたちに一泡吹かせてやろうよ。ナメ腐った真似したことを、後悔させてやろうよ」

人間は絶対に泣き寝入りしてはいけないというのが七の持論だった。強い相手に理不尽を強いられ、ろくに抵抗もせずに泣く泣く諦めてしまうと、その屈辱と不甲斐ない自分自身を悔やむ気持ちは心の傷となり、一生消えない。だが、決死の覚悟で反撃して一矢報いることが出来れば、たとえ結果が同じだろうと、そこで気持ちを切り替えて次に進むことが出来るのだ。

それは誰に習ったわけでもない。小学生の時にいじめに遭った七が会得した信念のようなものだ。

七はじっと茜を見つめ、答えを待った。

「分かったわ。あなたの言う通りにする」

茜はきっぱりと言い切った。その顔にもう迷いはなかった。

茜が当初、離婚にためらいを見せたのは、敏彦に対する愛情や未練ではなく、関口家の嫁として必死に努めてきた、四半世紀に及ぶ日常への愛惜だったのではと、後になって七は考えた。離婚によってそれが無に帰(き)してしまうのは、あまりにも忍びなかったのだろう……。

しかし、冷静になると、離婚によって失うものと得るものが見えてきた。失うものは忍従(にんじゅう)で、得るものは誇りだ。それが分かったからこそ、茜はこれまでの生活を捨てる決意をしたに違いない。

「ところで、どうしてバナナケーキ焼いてたの？」

茜は思い出したように鼻をヒクヒクさせた。ケーキを焼いていたことさえ失念していたようだ。

「今日、仕事始めだから、事務局におやつの差し入れしようかと思って」

七は改めて、父に対する怒りが込み上げてきた。

母は医者ではなかったが、結婚当初から折々に事務職員や看護師に差し入れを続けてきた。ヴァレンタインデーにはチョコレート、雛祭りには桜餅(もち)、端午(たんご)の節句には柏餅、クリスマスにはケーキ……。小さなことかも知れないが、母は出来る限り父の仕事が円滑に進むように協力してきたのだ。その貢献を一切無視して省みないとは、人として大切なものが欠けている。

「ママ、大丈夫だよ。この仇は絶対に討つからね」

七と茜は互いの顔を見つめ、深く頷き合った。

それから三カ月で離婚は成立した。

調停前の財産仮差押え処分が執行されたことで、敏彦もはつ子も仰天したらしい。不倫が原因なのだから、非は敏彦にある。争いが長引くと病院に悪評が立つと心配したのか、茜の要求をほとんど全面的に受け容れた。茜は財産分与が認められた他、慰謝料も受け取った。

その間、父が本当はどんな気持ちだったのか、七は知らない。一月四日に祖母のいる実家に戻って、ずっと帰ってこなかったからだ。しかし、確実に父と祖母に一矢報いたと七は確信している。調停で圧勝したのだから。

恵比寿の家に住み続けることも可能だったが、茜も七も、父と祖母の目と鼻の先で暮らす気はなかった。

茜は七を連れて、生まれ育った街に引っ越した。すでに両親は亡くなり、実家も人手に渡っていたが、懐かしい想い出と懐かしい人たちは残っていた。

駅前商店街の喫茶店ルナールの主人、萩尾有二・まり夫婦もそうだった。亡くなった茜の両親と親しく、茜も娘のように可愛がってもらった。結婚してからも、七を連れて里帰りする度にコーヒーを飲みに行っていた。

この町に帰ってきた当初、茜は毎日気が抜けてボウッとしていた。まだ五十歳で、隠居するには若すぎる。このままずっと家に引き籠もっているわけにはいかない、何か仕事を探して働きに出なくてはいけないと、頭では分かっていた。ずっと専業主婦だったので、会社勤めは無理でも、飲食店の店員や厨房係、スーパーのレジ係くらいは務まるのではないか……そうは思うのだが、行動に移す気力が出なかった。離婚でエネルギーを使い果たしてしまったのだろうか。

七が法律事務所に出勤すると、茜は衝動的にバナナケーキかダークフルーツケーキを焼き始めた。焼き上がってあら熱が取れると、昔馴染みの家を訪ねては〝お裾分け〟と称して配って回った。一週間もするとすべての家を一巡してしまったが、そうするとまた最初の家から回り始める。

三回目にケーキを届けたとき、ルナールのマダム・まりは「お礼にコーヒーご馳走するから、ゆっくりしておいで」と引き留めた。

有二がコーヒーを淹れてくると、萩尾夫婦は並んで腰を下ろし、テーブル越しに茜と向かい合った。

「前からチラッと思ってたんだけど、茜ちゃんはお医者さんの奥さんだから、黙ってたんだ」

「有さんはね、このケーキを作って売ったらどうかって言うのよ」

まりが後を引き取った。子供のいない二人は七十を過ぎても〝有さん〟〝まりちゃん〟と呼び合っている。

「充分、売り物になる味だと思うよ。いや、正直、売ってるパウンドケーキより美味しいと思う」

「今はまだ仕事もしてないんでしょ？　そんなら、このケーキ作りを仕事にしたらどうかしら」

茜は思わず顔をほころばせた。しかし戸惑いの方が大きかった。

「でも、おじさん、売るって言っても、私、お店もないし」

「いや、いきなり店を構えるんじゃなくてさ。喫茶店とかスーパーなんかに卸したらどうかな？」

思ってもみない提案だった。自分の作ったケーキが売り物になる……しかも、店を構える必要はないという。

「まずは、うちの店で出して様子を見てみよう。店内ではカットしたケーキの他に、お土産（みやげ）用に一本丸ごとのケーキも置いてみる。評判が良ければ、知り合いの喫茶店にも紹介するよ」

ルナールはコーヒーのお供にケーキ類も置いているが、これまでは全て市販品を仕入れていた。

茜は両手で頬（ほお）を挟んだ。なんだか夢を見ているような気がした。

「取り敢えず、やってみたら？　開店資金も要らないし、設備投資に大金が掛かる話じゃないし、やってみて損はないと思うわ。ダメだったら、別の仕事を見つければ良いんだから」

茜はすっくと立ち上がった。

「やります！」

そして、九十度の最敬礼をした。

有二とまりはそっと目を見交わした。実は二人とも、茜のケーキが商業ベースに乗ると本気で思っていたわけではなかった。ただ、離婚で魂が抜けてしまったような茜が心配で、なんとか元気を取り戻してほしかった。ケーキ作りを仕事にするという試みが、その一助になればと願っただけだった。

　しかし、茜はその提案に飛びついた。七に調停前の財産仮差押えを勧められたときと同じだった。自分が内心望んでいたことが、突然形になって目の前に現れたのだと、今はそれが分かる。

「ねえ、ルナールのおじさんとおばさんが、ママのケーキを売らないかって……」

　夕方、帰宅した七にケーキ販売の話を打ち明けると、筑前煮（ちくぜんに）に伸ばした箸を宙に浮かせたまま、ハッと息を呑んだ。

「それ、良いと思うわ」

　七はいったん箸を置いて、正面から茜の顔を見た。

「私も、このまま趣味で焼いてるのは勿体（もったい）ないって思ってたの。ただ、ケーキ屋さんを始めるならお店が必要だし、商売にするのは無理かなって諦めてたんだ。でも、卸（おろし）売りならここで出来るもんね」

　七は頭の中で素早く、ゴールの前にあるハードルを考えた。

「ルナールは近いから問題ないけど、他のお店にも卸すようになったら、私が配達してあげる。バナナケーキもダークフルーツケーキも時間を置いた方が美味しいから、焼き立てでなくても良いよね。出勤前と、会社から帰った後に、私がまとめて配達する」

そして、次の課題を口にした。

「それと、仕事にするんなら、材料の仕入れも考えないと。今までみたいにその都度スーパーで買ってたんじゃ、材料費が掛かって儲けが薄くなると思うし……」

やや漠然としていた〝ケーキ販売〟のイメージが、七の提言で具体的に完成されていく。

その時、七は自分の心の声を聞いた。

ママに自分の人生を取り戻してほしい！

夫のため、子供のため、家のために捧げてきた四半世紀を、マイナスで終わらせてほしくない。

このケーキ販売が軌道に乗れば、きっと全てがプラスに転じるはず。

だからママ、がんばって！

茜はそのとき、どうしてもケーキ販売の仕事を軌道に乗せたいと、切に願った。

自ら求め、自ら道を切り開き、前に進む……新しい人生が始まろうとしていた。

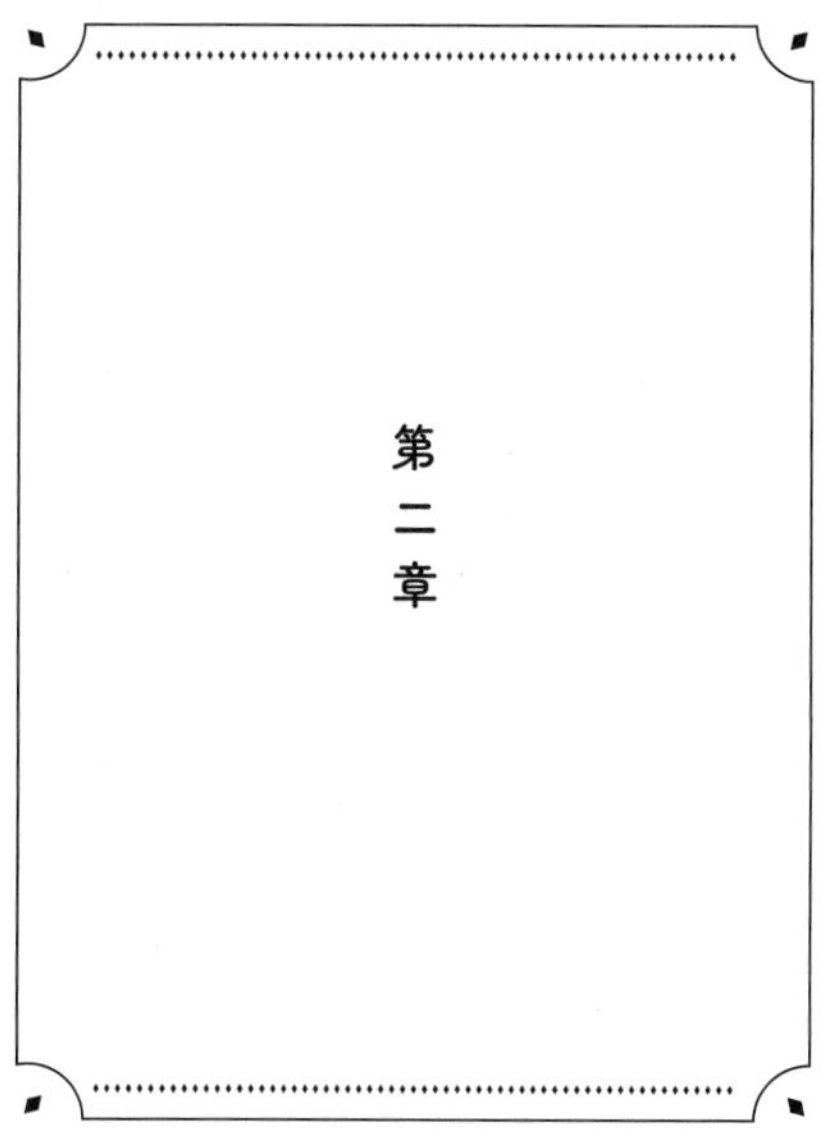

第二章

「七(なな)ちゃん、帰りに〝ウエスト〟でドライフルーツ買ってきて」

朝食のテーブルにサラダの皿を置いて茜(あかね)が言った。ウエストは商店街にあるスーパーマーケットだ。

今日は〝ルナール〟に初めて納めるケーキを焼く日だった。

「今のうちにブランデー漬けのフルーツ類、補充しておかないと。漬かるまで二週間はかかるから」

「分かった。レーズンと杏(あんず)とパイナップルで良い？」

「ナツメもあったらお願い。あれ、酸味が少なくて食感も柔らかめだから、ちょっと入れると面白いのよね」

「ついでに格安ブランデーも買ってこようか？　ウエストも一瓶九百八十円の、置いてるよ」

「そうなの。じゃ、お願い」

茜は溶き卵のスープの入ったマグカップを手に、答えた。

「ご近所だし、買い物はなるべくウエストでした方が良いものね」

ウエストはこの商店街で一番古くからあるスーパーだった。二代目社長の西脇卓人(にしわきたくと)は茜と幼馴染みで、その息子の健人(けんと)も学部は違うが七と同じ大学の先輩でもある。七は、子供の頃から茜の実家に遊びに来ていたので健人とも幼馴染みだったし、在学中は二人ともミステリー文学研究会に所属していたから、講評会や呑み会では結構親しくしていた。

「そう言えば健ちゃん、元気にしてる？」

「じゃないの？　最近会ってないから知らないけど」

健人は大学卒業後、かなり大手の出版社「時代社」に就職した。それを機に実家を出て、会社の近くのワンルームマンションに引っ越したので、ご近所で顔を合わす機会もなくなった。

　健人自身はミステリー作品を世に出す「文芸」の仕事をしたかったらしいが、最初はファッションとグルメがメインの女性誌に配属されて、ブーブー言っていた。

「ああ、そう言えば去年、『週刊時代』に異動になったって、ミステリー研の友達が言ってた」

『週刊時代』は男女共に幅広い読者層を持つ時代社の看板とも称される週刊誌で、最近はスクープ記事を連発している。

「あら、それじゃ忙しいわねえ。もう新人賞に応募してる暇、ないんじゃないかしら」

健人は大学時代、何回かミステリー小説賞に応募したが、二次予選通過は出来たものの、最終候補には残れなかったのだ。

「どうかしら。ま、時代社の編集者なら結構エリートだし、無理して小説書くこともないわよ」

七は素っ気なく言ってトーストの切れ端をコーヒーで飲み下し、椅子から立ち上がった。

「行ってきます」

「行ってらっしゃい」

茜は恵比寿の家にいたときと同じく、玄関まで出て見送った。


「各三本、追加注文が入ったの。日曜日に持ってきてくれって」

金曜日の夕方、七が法律事務所から戻ると茜は声を弾ませた。

「昨日追加で四本焼いたばっかりなのに、成績良いね」

「まだルナール一軒だけだけど、これで他のお店にも納品が広がっていけば、案外早く軌道に乗るかも知れないわ」

「そうよね。ルナールのおじさん、他のお店も紹介してくれるって言ってたんだよね」

茜に話を合わせながらも、七は頭の中で素早く計算していた。

商業ベースで採算が取れるには、バナナケーキとダークフルーツケーキ、それぞれ月に二百本の売上げは必要だろう。一日各七本、合計で十四本。

今の家庭用オーブンで焼けるのは一回に三本まで。つまり一日五回は焼かなくてはならない。

ママ、大変だな……。

「夕飯、水炊きにしたの。ウエストで地鶏を売ってたから」

茜の声で、七は我に返った。

「あそこ、そんなしゃれたもんも置くようになったの？」

「あそこだって考えてるわよ。大手スーパーに負けないように、品揃えにも神経使ってるし、魚は丁寧におろしてくれるし」

「ふうん。今度、じっくり探訪してみる」

「日曜日、買い物に付き合いなさい。ガイドしてあげる」

「迷うほど広い店じゃないでしょ」

ウエストは家族経営から始まり、今でこそ従業員を十数人雇っているが、大手スーパーに比べれば経営規模は小さい。そこをきめ細やかな品揃えと行き届いたサービスで対抗しているのだろう。

「おや、今日は七ちゃんも一緒かい」

日曜日の昼下がり、茜と一緒にケーキの納品にルナールを訪れると、マスターの萩尾有二は笑顔で迎えてくれた。

「二人とも、せっかくだからコーヒーでも飲んでいらっしゃい」

マダムの萩尾まりが空いている席を指し示した。客席は六割が埋まっていた。二人がコーヒーをご馳走になってても邪魔にはならないくらいの入り具合だ。

「お言葉に甘えましょう。七ちゃんもこちらのコーヒーは久しぶりでしょ？」

「ご馳走になります。おじさん、おばさん、ありがとう」

七は茜と二人掛けのテーブル席に腰を下ろした。

それとなく店内を見回すと、コーヒーとセットで茜のケーキを注文してくれたお客さんが三組いた。レジ前の壁には、桜色の美しい和紙に毛筆で「お土産用のケーキあります」と書いた貼り紙がしてある。

七と茜はどちらともなく目を見交わし、笑みを浮かべた。

「やったね」

七がそっと囁くと、茜は満足そうに頷いた。

「はい、どうぞ」

かぐわしいコーヒーの香りが鼻先をくすぐり、まりがカップを二つ運んできた。ルナールのコーヒーカップとソーサーのセットは、一組ずつ違っている。有二とまりが長年かけて集めたお気に入りの器たちで、ウェッジウッド、マイセン、ジノリ、ロイヤルコペンハーゲンなどの西洋ブランドから、九谷、伊万里、備前、志野などの和の焼物も揃っている。常連さんはそれぞれお気に入りのカップがあって、コーヒーを注文するときに指定するのだという。

今日の茜のカップはマイセン、七は九谷だった。まりがその日の気分に合わせて選んでくれるのだ。

「いらっしゃいませ」

二人がゆっくりとコーヒーを味わっていると、新しいお客が入ってきた。六十代くらいの男性で、ノーネクタイのジャケット姿にツバの狭い帽子を合わせていた。七は男性の服装についてはまるで詳しくないが、日頃から帽子をかぶり慣れた人という印象を受けた。どちらかと言えば小柄で小太り、決してモデル体型ではないのに、帽子姿がピタリと決まっている。

　男性はルナールは初めてなのか、入り口で立ち止まってゆっくりと店内を見回してから、カウンターに歩を進めた。

「カウンター、良いかね？」

　低く落ち着いた声で、どことなく威厳があった。

「はい。どうぞ、お好きなお席に」

　男性はざっとメニューを眺めてケーキセットを注文した。

「コーヒーはルナールブレンドで」

「畏まりました」

　茜も七もその男性客が気になった。茜の焼いたケーキを食べて、どんな反応を示すのか？

　有二がネルドリップでコーヒーを淹れ終えると、まりがバナナケーキとダークフルーツケーキを皿に載せた。二種類を同時に味わってもらえるように、一切れを半分の大きさにカットしてある。

　男性はカップを手に取ると、目を閉じてコーヒーを一口啜った。

「美味しいね」

「ありがとう存じます」

次にバナナケーキにフォークを伸ばした。一切れ口に運ぶ。

「……」

男性は何も言わないが、不味いと思っていないことは確かだった。コーヒーを二口ほど飲み、次はダークフルーツケーキを一切れ、フォークに刺した。

男性は結局、無言でコーヒーとケーキを食べ終わった。そしてコップの水を飲み干すと、有二に尋ねた。

「ご主人、このケーキ、お宅で作ってるの？」

「いえ、出来たものを仕入れております」

「ふうん。美味しいね。今まで食べたことのない味だった」

「それは、ありがとう存じます。作った人間も大変喜びます」

男性は壁の貼り紙に目を向けた。

「お土産用もあるのか。それじゃあ、両方包んでください。これから娘の家を訪ねるんで、手土産に」

茜と七は思わず低めのハイタッチをした。いかにも目の高そうな紳士が、茜のケーキを気に入って、お土産用に二本も買い上げてくれたのだ！

有二は目の端でその様子をとらえると、二人の方にさっと手を伸ばした。

「お客さま、せっかくですから、このケーキの作者をご紹介させてください」

紳士は手の指す方を振り返った。

茜と七は椅子から立ち上がり、紳士に向かって深々とお辞儀した。

紳士も帽子を取り、二人に軽く頭を下げた。

「女性のケーキ職人さんですか」

「いえ、そんな。素人（しろうと）の手慰（てなぐさ）みみたいなもので、お恥ずかしい限りです」

「そんなことはありませんよ。私はパウンドケーキは色々食べましたが、こちらのお店のケーキが一番美味しかった。素人でこの味を考案なさったのなら、いよいよ大したものです」

七は隣にいて、茜が嬉しさではち切れそうになっているのが分かった。自分が工夫したレシピで焼いたケーキが、最大限の評価を受けた。こんな嬉しいことがあるだろうか。

ケーキの袋を提（さ）げて店を出る紳士を、茜と七は最敬礼で見送った。

「茜ちゃん、大変だ！」

ルナールの有二から上ずった声で電話がかかってきたのは、それから一週間後のことだ。

「この前うちで、ケーキを二本、お土産に買っていったお客さん、覚えてるだろ？」

「もちろん。お帽子の似合う方でしたよね」

「あの人、作家の六角丈太郎（ろっかくじょうたろう）だったんだ！」

「ええっ⁉」

六角丈太郎は時代小説の作家で、幅広い層のファンがいる。食べ歩きが趣味で、食に関するエッセイも人気が高い。六十代の男性には珍しく、酒も好きだが甘味も好きという両刀使いだった。

「なんでも、刊行した本の数が二百冊になったので、来月、そのお祝いの会を開くそうだ。で、会に来てくれたお客さんに差し上げるお土産を、茜ちゃんのバナナケーキとダークフルーツケーキにしたいと仰（おっしゃ）って……両方、百本ずつ欲しいとお電話をいただいたんだ」

茜は息が止まりそうだった。

「大丈夫かな？」

「はい、もちろんです！　私、頑張ります！」

通話を終わり、受話器を置いた。

「ママ、何だって？」

「七ちゃん、神風が吹いたかも知れない」

電話の内容を伝えると、七も目を輝かせた。

「すごい！　ホントに神風よ！」

二人は肩を抱き合ってピョンピョン跳びはねたが、七の方が先に冷静さを取り戻した。

「ママ、二百本焼くとなったら、オーブン一台じゃ無理だよ。どっちも日持ちするけど、少なくとも一週間以内には焼き上げないと。一週間で二百本だと、一日三十本近いよ」

「七ちゃんの言う通りだわ。オーブン、もう一台買う」

そして実作者ならではの知恵も湧いてきた。

「先にダークフルーツケーキを全部焼いてから、バナナケーキを焼くわ。そうすればフレッシュさを保てるから」

その日、七は茜を乗せて車を飛ばし、一番近くの量販店に飛び込むと、オーブントースターをもう一台と、漬物用のポリ容器を購入した。帰りにスーパーウエストに寄ると、ありったけのドライフルーツと安いブランデーを買い込み、ドライフルーツをブランデーに漬けた。ドライフルーツが漬かるまで二週間かかる。

そして翌日から「一週間で二百本のケーキを焼き上げる」作戦を練った。

一段落すると、七は西脇健人に事の次第をメールした。六角丈太郎は時代社の月刊誌に人気小説を連載し、ベストセラーを連発しているので、満更無関係ではない。

「そりゃすごい！　六角先生の肝煎りなら、おばさんのケーキには神風が吹いたようなもんじゃないか」

健人からは茜と同じ感想のメールが返ってきた。

それを読むと、七は嬉しくてちょっと得意な気持ちになった。そして、絶対にこの「プロジェクト」を成功させてやろうと、めらめらと闘志が燃えてくるのだった。

「じゃ、始めます！」

七は声を上げて自分に気合を入れた。今朝は五時に起きたので、そうしないとしっかり目が開かない。

茜はブランデーに漬けておいたドライフルーツを包丁で刻み始めた。

七はボウルにバターを入れた。昨夜のうちに冷蔵庫から出して室温に戻しておいたので、柔らかくなっている。そこに砂糖を入れて混ぜ合わせたら、次は卵を入れて混ぜ合わせる。最後に粉を振ってざっくりと混ぜ、刻んだドライフルーツと漬け汁、そしてレモンの搾り汁、レモンの皮の摺り下ろしを入れる。

卵を泡立てて作るふんわりしたスポンジケーキは、生地の下ごしらえをしたらすぐにオーブンに入れて焼かないと、せっかくの泡がつぶれて重くなってしまう。しかし卵を泡立てないパウンドケーキは、生地の下ごしらえをしてからある程度の時間、オーブンに入れずに置いておくことが出来る。

七は出勤するまでの時間を使って、一日の割当量三十本分の生地の下ごしらえを手伝うことにした。そうすれば茜は、型に流して焼くだけで済む。三十本のダークフルーツケーキは、だいたい午後二時までにはすべて焼き上がる。

その後、茜はルナールから注文のあったケーキを作って焼いた。

七が帰宅する頃には作業は終わっているので、七は焼き上がったケーキをルナールに届けた。

「お母さん、どう?」

七が店に行くと、有二もまりも心配そうに尋ねた。

「はい。張り切ってます。普段より生き生きしてますよ」

嘘ではなかった。茜はこれまで七が見たこともないくらい、潑剌としていた。

「そうかも知れない。人間、ここが勝負時ってなったら、多少の無理は苦にならないもんだ」

「きっとこれが、茜ちゃんの人生の正念場なのよ。ここを乗り越えたら、今より一段も二段もステージが上がる。それが分かってるから、頑張れるんだわ」

二人の言葉に、七は深々と頷いた。

そうだ、今が母の第二の人生の正念場なのだ。なんとしても乗り切ろう。二人で力を合わせて、新しいステージを目指そう……！


期日までに、各百本のダークフルーツケーキとバナナケーキは無事に完成した。

七は出来上がったケーキを車の荷台に積み、崩れないように、二回に分けてパーティー会場となったホテルに運んだ。

搬入を終えて駐車場に戻ろうとすると、聞き覚えのある声に呼び止められた。振り向くと六角丈太郎その人だった。今日は晴れの舞台で、紋付の羽織袴を身にまとっている。洋服のときより一層、貫禄があった。

「先生、この度は……」

礼を言いかけるのを片手で押しとどめ、六角は優しく微笑んだ。

「お疲れさん。よくやってくださった。きっとお客さんも喜んでくださるだろう。お母さんに、よろしく伝えてください」

七は感激で涙が出そうになり、あわてて頭を下げた。

六角丈太郎はまさしく茜と七にとって神風だった。

大量にケーキを注文してくれただけでなく、記念パーティーの後、茜とケーキのことを週刊誌に連載しているエッセイに書いてくれたのだ。もちろん、至極好意的に。

六角丈太郎のエッセイは、茜のケーキにお墨付きを与えてくれた。これ以降、萩尾有二の紹介してくれた喫茶店は、ほとんど二つ返事で茜のケーキを仕入れてくれたのだった。

「肩、揉もうか？」

茜が首を傾けて右肩をすくめるのを見て、七は声を掛けた。

「ああ、ありがとう。頼むわ」

七は席を立ち、茜の後ろに回って両肩に手を置いた。その感触に驚いて、一瞬、指を浮かせた。

「凝ってるね」

茜の両肩は鉄板でも入れたように硬くなっていた。元々肩の凝る体質ではなく、これまで母の肩を揉んであげたことなどほとんどなかった。それが……。

「仕事、大丈夫？　疲れてるんじゃない？」

「まあ、なんとか。最近は慣れてきたし」

人気時代小説作家の六角丈太郎が連載中のエッセイに書いてくれた効果で、茜の焼くケーキは世間に知られるようになった。熱心な六角ファンの中には、わざわざルナールを訪れてケーキセットを食べてゆく人もいるという。お陰でルナールからの注文も増えた。

今、茜は二台のオーブンを駆使して、バナナケーキとダークフルーツケーキを一日十二本ずつ焼いている。つまり二十四本で、一回に焼けるのは六本だから、一日四回ケーキを焼くことになる。

六角丈太郎の大量注文を機に、茜は午前中に片方のケーキ十二本分の生地を作り、二回に分けて焼くようにした。焼けるまでの時間を利用して、もう一方のケーキの生地も作っておく。そして生地を型に流してオーブンに入れたら、焼き上がるまでの時間は自由になる。茜はその時間を利用して買い物に行き、家事をこなしていた。

やっぱり、仕事しながら家事をするのは無理なのかも知れない。ママはもう五十を過ぎているんだもの。若い頃より体力だって落ちているはずだし……。

もちろん、七も出来る限り協力していた。土曜と日曜は生地作りを手伝っているし、夕方まで配達に飛び回っている。平日は、仕事を終えて帰宅すると、すぐさま車にケーキを積んで、注文してくれた喫茶店に届けている。

茜の肩の筋肉は、揉んでいるうちに少し柔らかくなってきたが、まだ強張(こわば)っていた。茜の疲労と苦労が指先から伝わってきて、七はやりきれない気持ちになった。

茜は毎日百パーセントで頑張っている。しかし、百パーセント出し切る生活を続けたら、人は倒れてしまうだろう。茜の年齢を考えれば、三年はもたないかも知れない。これ以上の数のケーキを焼くのは無理だった。いや、少し数を減らさないと身体に障(さわ)るだろう。

七は考えると口惜(くや)しくなる。

それというのも、今は神風が吹いているからだ。一気に〝事業規模〟を拡大する好機が目の前にある。「離婚した中年女性が趣味と実益を兼ねて焼いているケーキ」で終わるか、「人気のケーキ」にステップアップするか、ここが勝負の分かれ目だった。

鉄は熱いうちに打て、と言う。チャンスの女神には前髪だけしかないとも言う。六角丈太郎の吹かせてくれた神風は、やがて止んでしまう。だから今が攻め時なのだ。今を逃したら、もう二度とこんなチャンスは巡ってこないだろう。

現に、ルナール始め、注文を増やしてくれた喫茶店はいくつもあったし、新規に契約を結びたいと言ってくれる店も現れた。今なら一気に販路を拡大できるのに……。

昨日は評判を聞いた浅草の老舗喫茶店が、バナナケーキとダークフルーツケーキを毎週五本ずつ注文したいと連絡をくれたのに、断るしかなかった。茜はもうこれ以上ケーキを焼くのは無理だったし、浅草は目黒区中心の配達ルートから大きく外れているので、七にとっても時間のロスが大きすぎた。

「ママ、疲れてるのに無理してご飯作らなくてもいいよ。店屋物取ったたって、コンビニでお弁当買ったたって良いんだから」

「大丈夫よ。簡単なものしか作ってないから」

茜は苦笑を漏らした。

確かに、ケーキの注文が増えてからは、以前のように手の込んだ料理は食卓に上らなくなった。すき焼き、しゃぶしゃぶ、水炊き、寄せ鍋など鍋物のローテーションと、焼き魚とサラダと冷や奴……のような簡便な定食セットがほとんどだ。

もちろん、七は不満などない。二人分とはいえ毎日夕食を手作りするのは、今の茜にはかなりの負担だろうと思う。今夜、肩を揉んでいるうちに、身体を壊したらどうしようという漠然とした不安が湧き上がり、それが徐々に形あるものへと変化してきた。このままでは茜は確実に過労で倒れてしまう。

こんなときに頼れる人は決まっている。ルナールのおじさんとおばさんに相談してみよう。

七はすぐに二人の顔を思い浮かべた。

「パートで手伝いの人を雇ったらどうかな?」

注文のケーキを届けに行き、「ちょっとご相談が」と切り出すと、マスターの有二はすぐにカウンターの席を勧めてくれた。

「例えば午前の三時間とか、午後の三時間とか。そのくらいなら家庭の主婦で、手伝える人は結構いるんじゃないかな」

「それにケーキ作りって、女性にとっては悪いイメージじゃないわ」

　マダムのまりも口を添えた。

「そうですよね。帰って母に話してみます」

「なんだ、七ちゃん。お母さんには相談してないの？」

「うん。多分、私が『手伝いに人を雇ったらどう？』って言っても、『ママ一人で大丈夫よ。人を雇うほど大きな商売じゃないから』って言うような気がするんです。でも、おじさんとおばさんが勧めてくれたって言えば、納得すると思うんです。……ぶっちゃけ、私が説得しやすいです」

「策士だねえ、七ちゃんは」

　有二は感心しつつも、いくらか呆れた顔になった。

「お母さんのＯＫが出たら、うちにチラシ貼ってあげるわ。ご近所の店にも頼んで、貼らせてもらいましょう」

「ありがとう、おじさん、おばさん」

　七は深々と頭を下げた。

めた。

その日、夕食の席でパートタイマーを雇う提案をすると、案の定(じょう)、茜は眉(まゆ)をひそめた。

「そんな、いやよ。人を雇うなんて」

「でも、ママは今のままで充分やっていけるし」

「ママのケーキを食べたいってお客さん、どんどん増えてるんだよ。だけど、今のままじゃこれ以上数は増やせない。それってもったいないと思うよ。せっかく、ママのケーキの味を大勢の人に知ってもらえるチャンスなのに」

「でもねえ、人を雇うのは難しいわよ。気苦労だし」

茜は四半世紀も続いた結婚生活を思い出していた。気の合わない姑(しゅうとめ)と小姑(こじゅうと)、病院に勤務する大勢の医師と看護師、事務員たち。そういう人たちに気を遣いながら暮らしていた日々……。

そんな回想を断ち切るように、七はテキパキと話を進めた。

「基本的に、一番大変なのは生地作りだから、それを手伝ってくれる人を雇えば良いのよ。一日三時間、午前か午後、どちらかで」

七は指を折ってざっと計算した。

「時給八百円として一日二千四百円、週五日勤務で一万二千円、一カ月四万八千円でしょ。今だってそれくらいのお金を払う余裕はあるし、これから注文が増えれば、安いものよ」

七はじっと茜の顔を見つめた。

「正直、ママにはお金を払って人を雇っているっていうより、自分の健康と寿命を買っていると思ってもらいたいの」

茜は虚(きょ)をつかれた思いで、ハッと息を呑(の)んだ。

「ママ、ケーキ作りに定年はないのよ。六十になっても七十になっても、もっと年を取っても続けられる。お客さんがいる限り、そして健康でいる限り」

茜の顔を曇らせていた憂いは徐々に晴れ、表情が冴えてきた。

「ルナールのおじさんとおばさんも、そう言ってた。二人とも社交ダンス教室に通ってるけど、あれ、趣味であると同時に健康法なんだって。ダンスって後ろ歩きするでしょ。あれがすごく身体に良くて、老化防止、ボケ防止になるんだって」

七は声を励まして語りかけた。

「ね、ママ、パートの人を頼もうよ」

「……そうね」

少し考える間を置いてから返事があった。

「ママも、せっかく軌道に乗った仕事だから、大事にしたいわ。それに七ちゃんの言う通り。もっと大勢のお客さんに知ってほしいわ」

茜の目が生き生きと輝いてきた。

「出来れば東京中の人に知ってほしい。いつかそうなってほしい。だから、頑張るわ」

ルナールのマスター夫婦の尽力(じんりょく)で、パートタイマー募集のチラシは、駅前商店街の数軒の店に貼らせてもらうことが出来た。

勤務条件は月曜日から金曜日、午前九時から十二時まで。時給は八百円。徒歩圏内に住む女性が対象なので、交通費はなしだった。

翌日から何本か問い合わせの電話がかかってきた。茜は電話のやり取りの感じで判断して面接する相手を絞った。

「目は口ほどにって言うけど、声と話し方にも人柄が出るのよ。むしろ顔が見えない分、正確に判断できるわ」

茜はおっとりしているようで、意外と勘の鋭いところがあった。そしてその判断は正しかったようだ。

日曜日に茜と七は候補者三人と会って話をした。その結果、二人の意見はピタリと一致した。

「ママは最後の人が一番気に入ったわ」

「私も！」

三番目に面接したのは前野里美（まえのさとみ）という四十五歳の女性だった。夫は公務員で子供はなく、一昨年、この近所のマンションに引っ越してきた。

「以前は近所の処方箋（しょほうせん）薬局で事務をしていました。こちらに来てからは保育園の給食を作るセンターでパートをしてたんですけど……」

里美は控えめで少し気の弱そうな感じだったが、いかにも真面目（まじめ）で実直そうだった。

「私、手が遅くて、主任さんに怒鳴（どな）られてばかりで」

「怒鳴られるんですか？」

茜が信じられないという顔で聞き返すと、里美は小さく頷いた。

「はい。毎日。もう職場にいる時間、ずっとでした。それで、どんどん職場に行くのが気が重くなってしまいまして」

「当たり前ですよ。食べ物を作る職場で怒鳴るなんて、信じられない。美味しいものが不味くなるわ」

茜は憤然として言った。

「そうですよね。美味しいものを食べると、幸せな気持ちになりますもんね」

安堵（あんど）したように微笑んだ里美は、人の好（よ）さがハッキリと現れていた。

その瞬間、茜も七も、里美となら一緒にやっていけると確信したのだった。

実際に一緒に働くようになると、茜の里美に対する信頼感はいや増した。

九時十分前には出勤し、エプロンと三角巾を身に着け、手を洗って調理の準備を済ませている。エプロンのポケットにはメモ帳とボールペンを入れていて、ケーキ作りに関して茜が言ったことは、逐一（ちくいち）メモを取った。

こういう勤務態度は見ていて気持ちの良いものだが、里美の行動はポーズや見せかけではなかった。作業の手順や調理用具の置き場所も、毎日、着実に覚えてゆき、ひと月もするとすっかり頭に入れていた。

いくら小さな家庭の台所で、毎日決まりきった手順でも、覚える気のない人間は覚えられない。里美が真面目な努力家で、茜のケーキ作りに意欲的に協力していることは明らかで、それは何より茜の喜びとするところだった。

「里美さんは、前からお菓子作りが好きだったの？」

茜の問いに、里美は恥ずかしそうに微笑んだ。

「主人がお菓子好きなんです。あの、下戸で全然お酒飲めないんで」

「甘党なのね。洋菓子、和菓子？」

「どっちもです。お土産に美味しいの、色々買ってきてくれるんですよ。だから私もだんだん美味しさが分かるようになりました」

そして、バターを練りながら付け加えた。

「だから、自分で作ろうなんて、大それたことは考えなかったんですけど、ここで美味しいケーキの作り方を覚えたら、うちでも作ってあげようかなって思いました」

茜は聞いていて微笑ましい気持ちになった。かつては自分も夫に美味しいものを食べさせたいと、情熱を燃やしたものだった。

「里美さんは親孝行ならぬ、旦那さん孝行ね。ご主人、お幸せだわ」

すると里美は一瞬、寂しそうな表情を見せた。

「主人、子供が好きなんです。でも、私、産んであげられなくて」

茜はハッと息を呑んだ。もしかして、触れてはいけない部分に触れてしまったのかも知れない。

しかし、里美は淡々とした調子で先を続けた。

「結婚して三年目に不妊治療を始めました。薬の副作用で腹水がたまったりして、とてもしんどかったんですけど、なんとか頑張ろうと思って続けました。そしたら、二年目に主人が言ったんです」

もうやめよう。君にこんな辛い思いをさせてまで、僕は子供を欲しいとは思わない。子供がいなくたって幸せに暮らしてる夫婦は、世の中に大勢いるじゃないか。僕たち夫婦の絆は少しも変わらないよ。僕は君と一緒に暮らせれば、それで幸せだ……。

「まあ……」

茜は思わず涙ぐみそうになってしまった。

「ご主人、本当に良い方ね」

「はい」

里美は照れずに答えた。

「私、主人と巡り合えて夫婦になれたことが、なんだか奇跡みたいに思えるんです」

茜は共感を込めて頷いた。

里美の言う通りだと思う。人と人との関係というのは、ままならない。どんなに望んでも、努力しても、自分が望む通りの結果を得られないこともある。好意を抱いた相手に好かれ、夫婦となり、強い絆を育てられるのは、ある意味、奇跡に近いのかも知れない。

夫婦となり、子供まで生した敏彦と、ついに本当の信頼関係を築けないまま離婚に至った我が身を振り返って、茜はしみじみそう思うのだった。

前野里美をパート採用したことで、出荷できるケーキの本数を増やせるようになった。

「ママ、オーブンをもう一台買うわ」

茜もすっかり意気込んでいた。

「里美さんが手伝ってくれれば、一日に焼くケーキを今の二倍、少なくとも一・五倍は増やせるわ。オーブンにも頑張ってもらわないとね」

「良かったね、ママ」

七はまずは共に喜んだが、次にやんわりと釘を刺した。

「でも、張り切りすぎは禁物よ。無理して身体を壊しちゃったら、元も子もないわ。基本的に日曜日はケーキ作りはお休みして、のんびりしてね」

「はいはい。そうさせてもらいますよ」

茜は楽しそうに微笑んだ。

しかし、七はもう一つ問題を抱えていた。

それは配達だった。作り手には助っ人が一人加わったが、焼き上がったケーキを喫茶店やレストランに配達する人間は、七しかいない。

平日は法律事務所の仕事を終えて帰宅すると、車に焼き上がったケーキを積んで、配達に回っている。土曜と日曜は午前中から配達を始める。一度家に戻って新しいケーキを補充し、二度目の配達もこなすと、それだけで一日は終わる。

そういう事情なので、六角丈太郎のお陰で茜のケーキが売れ始めて以降、七は休日に友人と外出したり、食事に行ったりすることはなくなった。要するに働きづめであり、七としても今の生活をずっと続けるのは無理だった。そろそろガソリンが切れそうなのが、自分でも分かる。

しかし、七は茜のケーキをもっと〝売れっ子〟にしたかった。東京中に知られる人気商品に育てたかった。そのためには、どうしても販路拡大が必要だった。茜のケーキを仕入れてくれる店を増やさなくてはならない。今の販路は目黒区を中心とした小さな半径の圏内でしかない。これからはもっと広く、もっと遠くまで……。ところが口惜しいことに、現状では配達する量を増やすことは可能でも、配達先を増やすことは不可能だった。

浅草に喫茶店のチェーンを持つオーナーが、茜のケーキを仕入れたいと連絡をくれたとき、目黒から遠すぎるという理由で断らざるを得なかった。七はあの口惜しさ、残念さを忘れられない。

東京の東側には銀座、日本橋、浅草という素晴らしい商業地が広がっている。そこにどれほどの喫茶店やレストランがあるかと思うと、歯がみしたくなる。

配達を手伝ってくれる人を探そう……。

七には、それ以外に解決方法はないように思えた。

「それはつまり、ルート配送かしら」

いつもながらの確信に満ちた口調で言って、横井都（よこいみやこ）はスモークサーモンとクリームチーズのベーグルサンドにかぶりついた。

都はいつもは弁当持参だが、週に一度、外食ランチをする。七は「ご一緒して良いですか?」とくっついてきた。諸事万端に通じている都なら、良い知恵を貸してくれそうな気がしたからだ。

都が入った店はベーグル専門店だった。折しも日本はベーグルブームに沸いていたが、トレンドに敏感な都はブームのずっと前から「ヘルシーで、ニューヨークじゃ人気よ」と推していて、この店も十年来の常連だという。確かにイートインコーナーは明るくお洒落(しゃれ)で、女性のランチにはピッタリの雰囲気だ。

「あの、ルート配送と言いますと?」

「決められたコースを回って、決められたお店に品物を配送すること。ほら、コンビニに商品を運んでくるトラックあるでしょ。あれが代表的なルート配送」

「ああ、なるほど」

七もアボカドとシュリンプのベーグルサンドをかじった。生地の密度が濃く、モチモチした食感で、食べ応えがある。それまで食べたパンとはかなり印象が異なった。

「普通免許があれば営業できるから、トラック運転手よりはハードルが低いわね」

「うちの場合は、バイトで配達してくれる人を雇いたいんですけど、時給でどれくらいでしょう?」

「さあ?　ルート配送はどのくらいかしら。宅配便の運転手はかなり高給みたいだけど」

「あのう、コンビニの配送だと、飲料とか、重い物もありますよね。軽くてコンパクトな物のルート配送って、ないですか?」

ケーキは見た目も大事だ。一緒に運んでつぶされたりしたら困る。

「医薬品かしら。製薬会社の車が、毎日決まった薬局や病院、医療機関に薬を配達してるはずだけど」

「その車に、うちのケーキを便乗させてもらうことって出来ませんか?」

都はちょっと眉をひそめた。

「無理じゃない?　扱ってるのが医薬品だし」

都はナプキンで唇に付いたクリームチーズを拭き取った。

「それに、ドライバーは嫌がるんじゃないかしら。配達品と配達先が両方増えたら、面倒でしょ」

「はあ……」

七はガッカリして肩を落とした。

「私に訊くより、ルート配送やってる人に直接訊いてみれば？」

「はい。そうします」

医薬品の配送ドライバーに心当たりはなかったが、近所のコンビニへ配送しているドライバーに話をしてみようかと思い浮かんだ。それが糸口になって、別のルートが見つかるかも知れない。

その日も帰宅して早々、七は焼き上がったケーキを車に積み込み、配達に出掛けた。

喫茶店は閉店時間が早いので、七時か、遅くとも八時までに届けなくてはならない。平日に配達できない店は、土曜か日曜に配達して回る。

店からは一週間分まとめて注文をもらうのだが、近頃は売上げが見込みと違ってしまう店もあり、急に追加注文が入ったり、あるいは注文を減らす連絡が入ることもあった。

「お待たせしました。栗田です」

目黒駅前の大きな喫茶店が、最後の一軒だった。すでに閉店時間ギリギリで、店主が表の看板の電気を消そうとしていた。

「ねえ、お宅、もう少し小まめに配達できない？」

五十そこそこの店主は、客には見せない険しい表情で言った。

「一週間に一回の配達だと、日によってどうしてもバラツキが出るんだよ。今日も午後の分は売り切れで、お断りしなくちゃならなかった」

「申し訳ありません。あのう、お詫びにバナナケーキを一本サービスさせていただきます」

こんなこともあろうかと、近頃はバナナケーキを二、三本、余分に積んでいる。しかし、店主の表情は少しも和らがなかった。

「そういうことじゃなくてさ。お宅も女所帯でやってるなら、もう少しきめ細かい対応を心掛けなさいって話だよ」

「本当に、ご迷惑かけて申し訳ありませんでした」

だからこそ、ギリギリの人数で必死に頑張っているのに……。

七は口惜しくて腸が煮えくりかえりそうだったが、必死に怒りを抑え、何度も頭を下げてその場を乗り切った。

母に自分の人生を取り戻してほしくて、ケーキ販売の仕事を応援してきた。それが今では力及ばず、自分が足を引っ張っている。本当は事務所を辞めて配送に専念すれば良いのかも知れないが、ケーキがダメになった時のことを考えると、どうしてもそこまでの決断はできない。あの就職氷河期を経験した身には、大手法律事務所の正社員という立場は、捨て難い魅力を保っている…。

家までの道すがら、涙が出そうになったが、深呼吸を繰り返して感情を鎮めようと努めた。負の感情は途中で捨てること。決して家に持ち帰ってはならない。なぜなら、家に不幸を招き寄せるから。

誰に教わったわけでもないが、七はそんな気がしていた。

家の最寄り駅まで帰ってくると、コンビニの駐車場に配送トラックが停まっているのが見えた。

そうだ、せっかくだからこの機会に、話を聞いてみよっと。

車を止めようとスピードを緩めたとき、ふと、その先にある建物が目に入った。

スーパー〝ウエスト〟。この周辺では一番古いスーパーマーケットで、店主の西脇卓人は茜の幼馴染みだった。そして今や、茜の作るケーキの材料はすべてウエストから仕入れている。取引先が増えたときに材料の仕入れ先を検討したところ、卓人は昔の誼(よしみ)で店の値段から割引で売ってくれたし、近頃は購入量も大幅にアップしたので、茜と七は大得意客になっていた。

そうよ、コンビニに配送が来るなら、スーパーにも配送が来るはずよ。

七はもう一度アクセルを踏み直し、ウエストの駐車場を目指した。

店はすでに閉店していたが、事務室には明かりが点いていた。社長の卓人はまだいるかも知れない。

「すみません、社長さん、いらっしゃいますか？」

声を掛けてドアを開けると、部屋の奥の狭い来客スペースに、卓人と四十代半ばの男性が座っていた。

「七ちゃん、どうしたの？」

卓人が七の方を振り向くと、向かいに座っていた男性が立ち上がった。

「それじゃ、社長、私はこれで」

「ああ。奥さんによろしく」

男性が出て行くのと入れ代わりに、七は卓人に近づいた。

「突然でごめんなさい。でも、社長しか相談できる人がいなくて」

七は以前は卓人のことを「おじさん」と呼んでいたが、ウエストでケーキの材料を一括購入するようになってからは「社長」と呼ぶことにした。甘ったれた言葉遣いをしていると気持ちにまで甘えが生じる。商売に甘えは許されないのだ。

「実は、平日にケーキの配送を頼める人を探してるんです。業種はルート配送になると思うんですけど……」

七はこれまでの事情を説明した。

「……なるほど」

黙って聞いていた卓人は、話が終わると腕組みを解いた。

「実は、打ってつけの人がいるよ」

「えっ⁉」

あまりに話が早いので、七の方が戸惑（とまど）った。

「さっき、ここにいた男の人ね、植村（うえむら）さんっていう豆腐屋のご主人」

「あ、はい」

「豆腐屋って、夜明けから仕事にかかって、豆腐作って店売りと配達やって、午後にはほとんど仕事が終わる。まあ、夕方町で売り歩いても、売上げは微々たるもんだ。それで、植村さんは空いた午後の時間に出来る配送の仕事を探したんだが、いずれも帯に短しタスキに長し……」

植村富之（とみゆき）は、妻と二人の子供と母親の五人家族だった。父親から受け継いだ豆腐店を営んで暮らしに不自由はなかったが、一昨年に息子が私立の有名中学に合格し、今年は娘も同じ中学に合格したので、出来れば少し学費を稼ぎたいという。

七は植村の頑健な体格と、真面目そうで清潔感のある容貌を思い出した。

「おじさん、お願いします！　植村さんを紹介してください！」

七は日頃のいましめも忘れ、思わず「おじさん」の禁句を叫んでいた。


夕方、法律事務所から帰宅すると、茜が弾んだ声で告げた。

「七ちゃん、〝バルト〟さんが、ケーキの出荷量増やしてくださったわ。五十本もよ！」

「ホント？　すごい！」

バルトは浅草を中心に十五軒の喫茶店をチェーン展開している。茜のケーキの大口のお得意様だった。

「ただ、週二回、月曜と金曜の配送にしてくれって。やっぱり、お客さまには賞味期限の新しい品をお出ししたいからって」

「そうよね。お客さまはどうしても『ケーキは出来立ての方が美味しい』ってイメージ、あるものね」

茜の作る二種類のケーキは、種類で言えばパウンドケーキだ。バナナケーキはともかく、ダークフルーツケーキは、焼き上げてから一週間以上置いた方が、生地がしっとりして美味しいのだが。

「植村さんには連絡した？」

「さっき電話したら、気軽に引き受けてくださったわ。ホッとしちゃった」

「そう。良かった」

ちょうどひと月前、七はスーパーウエストの社長・西脇卓人に紹介を頼み、豆腐屋の主人・植村富之に、都内の契約店へケーキを配達するアルバイトを持ちかけた。

「月曜から金曜まで週五日、配達をお願いしたいんです。報酬は一日五千円でいかがでしょう？　配送先が増えたら、プラスでお支払いいたします」

前置き抜きで切り出すと、植村はいくらか面食らったような顔をしたが、難しいことを言わず、すぐに決断してくれた。

「分かりました。よろしくお願いします」

「ありがとうございます！　助かります」

「こちらこそ。願ってもないお話をいただいて、助かります」

植村は豆腐屋の主人にふさわしく、色白できれいな肌をしていた。夜明け前から店の中で豆腐を作っているせいだろうか。

「朝早くからお忙しいのに、またお仕事が増えますね。お身体は大丈夫ですか？」

「もちろんですよ。豆腐と油揚げを作ってしまえば、店番は女房とお袋で手は足りますから」

七は植村の二人の子供の通う私立校の名を、あらかじめ卓人から聞いていた。どちらも偏差値の高い名門校なので、お世辞半分に口にした。

「でも、お宅のお子さんたちは二人とも優秀でいらっしゃいますね。あんな難関校に合格したんですもの」

すると植村は、ほろ苦い表情で小さく笑った。

「本当は豆腐屋の子供に学問はいらないんですよ。親の仕事を継ぐんなら、覚えることは他にある。だけど……正直言って、私は自分の子供にこの仕事を継がせる自信がなくてね」

七はその言葉の真意を計りかねた。植村豆腐店は三代続いた、それなりに由緒ある豆腐店のはずだが。

七の訝しげな表情を見て、植村はしんみりした口調で説明した。

「うちみたいな家族経営の店は、先行きどうなるか分からんのですよ。バブルの頃は土地の価格が暴騰して、相続税が払えなくて廃業に追い込まれた豆腐屋が、私の知ってるだけでも何軒もありました。値段の点じゃ大量生産の充塡豆腐と勝負にならない。かといって、一丁千円で売ってるようなブランド品でもない。この先また世間に大きな変化が起きたら、うち辺りはもう、ひとたまりもないですよ」

植村の口調は真摯で、偽りのない思いが感じられた。

「植村さん、お互い頑張りましょうよ。手作りのお豆腐は、日本が世界に誇るヘルシーフードです。それも、とってもリーズナブルな。だって一丁百円前後の、良心的な値段で手に入るんですから。こんな商品、他にありませんよ。お豆腐は永遠に不滅です！」

「長嶋さんに言ってほしかったな」

植村は苦笑を漏らしたが、表情は明るくなっていた。

「栗田さん、豆腐を応援してくれてありがとう。そういう思いの人の下で働けるのも、何かの縁かも知れない。頑張りますよ」

晴れ晴れとした顔で言って、植村は折り目正しく頭を下げた。

植村を雇ったのは大成功だった。

長年、豆腐類を数軒のスーパーに配達しているので、ルート配送に慣れていて、食品の扱いも丁寧だった。そして清潔感のある風貌で礼儀正しいので、喫茶店の女性店員たちに快く受け容れられた。

「良い方を紹介してもらって、本当に良かった。西脇のタックンに足を向けて眠れないわね」

「そうよね。お豆腐屋さんに目を付けたのは、おじさんならではよ」

卓人と茜はご近所の幼馴染みなので、プライベートでは「あかねちゃん」「タックン」と呼び合っている。

「お夕飯、しゃぶしゃぶにしたの。バルトさんのお祝いに、ウエストで特選黒毛和牛、奮発しちゃったわ」

茜は弾んだ声で言った。表情は明るく、瞳は生き生きと輝いて、少し若返ったのではないかと思うほどだ。

良かった。すべて良い方向に進んでいる……。

前野里美というアシスタントを得て、茜は以前より身体が楽になり、配達を植村に任せたことで販路も広がった。

どうぞこのまま、上手くいきますように。

七は心の中で祈りを呟いた。多くの日本人と同じく特定の宗教は信じていないが、神とか仏とかお天道様とか、人間を超越した存在がいるのではないかと、漠然と信じていた。


十月半ばとなり、秋もたけなわだった。

茜がケーキの卸売りを始めてから、早くも半年が過ぎていた。

「ただいま」

金曜日の夜、七が帰宅したのは十一時過ぎだった。職場の同僚たちから六本木に開店したイタリアンに誘われて遅くなった。

里美と植村のお陰で、七は平日の配達から解放され、土日も午後の短い時間で完了するので、たまには外食して帰るようになった。茜も日曜は完全休業なので、気が向けば映画や食事を楽しめるようになった。

「ああ、おかえり」

茜はリビングに座っていて、パッと七に目を向けた。

「先に寝てれば良いのに」

会社が終わってから六本木に行くことは、昼休みに電話してある。心配で起きて待っていたのかと思い、つい「もう、子供じゃないんだから」と言いそうになった。

「あのねえ、夕方、こういう人が訪ねてきたのよ」

茜はテーブルに置いた名刺を、七の方に押しやった。「曽根敦夫　サニー製菓営業第二課　課長」と記されている。

サニー製菓は大手製菓会社で、戦前からの大企業だ。菓子の製造販売の他、日本全国に直営の喫茶店を有している。

「サニー製菓がうちに何の用？」

「それが、本日はご挨拶だけって、詳しいことは何も」

茜は戸棚に置いたサニー製菓の紙袋を指さした。

「でも、会社の偉い人がうちに話があるんですって。ご都合のよろしいときに、お時間をいただけないかって言うんだけど」

茜はそこで言い淀み、少し不安げに七を見た。

「ママは難しい話は分からないから、七ちゃんも一緒じゃないと困ると思って。それで、娘が同席できるのは土曜か日曜だって言ったら、明日、サニー製菓の本社に来てくれないかって言うのよ」

「それで？」

「一応、行きますって言っといた。もし七ちゃんが都合悪ければ、明日、電話で断るわ」

「私はＯＫだけど、それにしても、どうしてサニー製菓が……」

サニー製菓が巨象なら、茜のケーキは蟻(あり)に等しい。象が蟻に用などないはずなのに。


翌日の午後二時、七と茜は浜松町にあるサニー製菓本社を訪れた。

週休二日制で土日休みは定着していたから、本社ビルもガランとしていて、受付のブースにも人がいない。玄関の横に制服姿の警備員が二人と、ブースの横にスーツ姿の男が一人いるだけだった。

二人が玄関の自動ドアを抜けると、スーツ姿の男がにこやかな笑みを浮かべて大股で近寄ってきた。三十ちょっと過ぎくらいで、縁なし眼鏡を掛けていた。

「本日はわざわざご足労いただきまして、恐縮です。私は営業の曽根と申します」

曽根は腰を九十度に折って頭を下げると、ポケットから名刺入れを取り出して尋ねた。

「こちらが栗田さんのお嬢さんですね」

「はい。栗田七です」

法律事務所の一介の事務員である七は名刺を持っていないので、ただ頭を下げて曽根の名刺を受け取った。

「応接室にご案内します。中で専務取締役の柿谷がお目に掛かります」

曽根は先に立って歩き、二人をエレベーターに案内した。ドアを閉めると七階のボタンを押した。

七階に着くと、曽根は廊下の奥にある応接室に二人を案内した。ドアの前で直立し、ノックして「栗田さまをご案内しました」と声を掛けてから開けた。

二十畳くらいの広さの部屋は、応接セットの代わりに中央に大きな楕円形のテーブルが置いてあった。飾り気がなくビジネスライクで、応接室というより会議室のような造りだった。

奥の中央に座っていた中年の男性が、二人を見て椅子から立ち上がった。ダブルの背広に鼈甲縁の眼鏡を掛け、貫禄がある。

「本日はようこそおいでくださいました。私は専務取締役の柿谷宗一と申します」

柿谷もまた、名刺入れから名刺を取り出し、テーブル越しに二人の前に置いた。

「まあ、どうぞ、お掛けください」

柿谷は二人が席に着くと、自分も腰を下ろした。

いつの間にか曽根が姿を消したと思ったら、隣室から盆を捧げ持って現れた。

「粗茶(そちゃ)ですが」

曽根が三人の前に日本茶の茶碗を置くと、柿谷が苦笑混じりに言った。

「殺風景ですみませんな。今日は女子社員が全員休みで」

「どうぞお構いなく。私共の都合で、今日にしていただいたので」

茜がやんわりと首を振った。

「さて、早速ですが、本日お越しいただいた用件です。単刀直入に申します。我が社と業務提携していただけませんか？」

七も茜も、びっくりして目を白黒させ、しばし声を失った。そんな二人の様子を余裕たっぷりに眺めて、柿谷は業務提携について説明を始めた。

「我が社はご存じのように、袋菓子から生ケーキまで、幅広く製菓業を展開しています。その中で一番弱いのは焼き菓子部門、特にパウンドケーキです」

六角丈太郎のエッセイで茜のケーキの存在を知り、ルナールで食べたところ衝撃を受けたという。これまでにない味だったそうだ。

「何と言うか、素材の味がキチンとするんですな。バナナや、洋酒に漬けたドライフルーツの存在感が、見事に光っている。しかもそれがパウンド生地の旨（うま）さと融合して、互いに引き立て合っている。まさに、我々には革命的でした」

柿谷は両手を大きく広げ、いささか滑稽（こっけい）に思えるくらい、自身の感動を表現した。

「これを我が社で売り出せないか……そう思ったんです。つまり、お宅の二種類のケーキのレシピとノウハウを我が社に提供していただき、それを我が社の工場で生産して、全国に展開する直営店で販売する、というわけです」

「あのう、つまり、ライセンス契約ですか？」

やっと当初の衝撃から立ち直った七が訊くと、柿谷は大きく頷いた。

「その通りです」

柿谷が目で合図すると、曽根が二人にＡ４のレジュメを配った。

「およその契約内容を記してあります。細かい点はご相談させていただくとして、ざっとお目通しください」

最初の頁（ページ）をめくると、ひときわ大きな文字で契約金が記してあった。七も茜も思わず我が目を疑うほどの金額だった。

「あの……」

茜が書類から目を上げ、遠慮がちに尋ねた。

「私が今、ケーキの卸売りをしているお店の分は、どうなるんでしょう？　ご近所のお世話になった喫茶店もあるんですが」

「それは、今まで通り続けてくださって結構ですよ。我が社で生産するケーキに関しては、直営店に卸すという契約内容ですから」

七は急激に湧き上がる欲で目が眩みそうだった。なんというありがたい申し出だろう。あの、天下のサニー製菓が……！

七はチラリと横目で茜を見た。そしてハッとした。

茜の顔は、腹をくくったときの表情を浮かべていた。父・敏彦との離婚を決意したときのように。

茜は真っ直ぐに柿谷の顔を見て、落ち着いた声で言った。

「大変ありがたいお話で、私共には身に余る幸運だと思っております」

「そんなことはありませんよ。運も実力と言いますからな。栗田さんがご自身でつかんだ幸運です」

「正直申し上げて、今は私も娘も、興奮して頭に血が上った状態です。家に帰って、もう少し頭を冷やしてから、二人でよく考えてお返事差し上げてよろしいでしょうか？」

茜は同意を促すように七を見た。その目に込められた力に気圧されて、七は黙って頷いた。

「もちろん、結構ですよ」

柿谷は鷹揚に微笑んでから口元を引き締めた。

「しかし、こちらは出来る限りの条件を提示したつもりです。これ以上、交渉の余地はありません。栗田さんは親子でよく相談なさった上で、来週中に結論を出していただけますか？」

「はい。必ずそのように」

柿谷はもう一度、笑顔を見せた。

「それでは、こうしましょう。来週の土曜日、同じ時間に、帝国ホテルの小宴会室を私の名前でリザーブしておきますので、お二人でそちらにお越しください。契約書も準備しておきます。栗田さんは印鑑をお忘れなくお持ちください」

「分かりました。よろしくお願い致します」

茜は静かに頭を下げた。七もあわてて母に倣った。

帰りも玄関まで曽根が案内に立ち、柿谷は部屋に残った。

サニー製菓本社を後にして浜松町の駅に向かう道すがら、七は何度か「ねえ、この話のどこが気に入らないの？」と訊こうとしたが、茜が深刻な顔つきで考え込んでいる様子なので、つい声を掛けそびれた。電車に乗っても茜はほとんど黙り込んで、会話らしい会話は成立しないまま、家に帰り着いた。

「ああ、疲れた。ケーキ食べよう」

玄関に入るや、茜はいつものおっとりした口調で言った。

「バナナケーキとダークフルーツケーキ、どっちが良い？」

「どっちでも。ママは？」

「ダークフルーツ」

「じゃ、同じ」

茜はキッチンの戸棚から出したケーキをまな板に載せた。七は二人のマグカップにパックの紅茶を入れ、ポットの湯を注いだ。二人ともどういうわけか、バナナケーキのときはコーヒー、ダークフルーツケーキのときは紅茶が欲しくなる。

紅茶を淹れ終えると、七は堪えかねて口を開いた。

「ねえ、ママ、すごいじゃない。第二の神風が吹いたよ」

自分の言葉に煽られたように、最前の興奮がよみがえった。

「さっさと契約しちゃおうよ。考えることないよ。こっちに不利な条件、一つもないんだから」

興奮を抑えかねて、自分の身体を両手で抱きしめた。

「天下のサニー製菓とライセンス契約なんて、もう、信じられない！　棚からぼた餅、濡れ手で粟、左うちわ、持ってけ泥棒よ！」

七は意味もなく景気の良い言葉を連発した。

茜はその様子を黙って眺めながら、フォークに刺したケーキの一切れを口に入れた。そしてゆっくり味わってから紅茶を飲み、意を決したように口を開いた。

「ねえ、七ちゃん、ママはこの話、断ろうと思うの」

予想だにしていなかった決断に、七は紅茶にむせそうになった。

「ど、どうして……」

びっくりしすぎて上手く言葉が出てこない。

「あの人たち、信用できないわ」

確信に満ちた、断固たる口調だった。

「……どこが？」

七はやっと失っていた言葉を取り戻した。

「どこが信用できないのよ？　サニー製菓の本社ビルで、専務取締役と面談したんだよ。契約書の内容だって見せてくれた。あれが偽物だって言うの？」

茜が黙っているので、七はさらに言いつのった。

「ねえ、ママ、考えてよ。こんなチャンス、この先一生待ったってやってこないよ。これを逃したら、私たち、一生後悔することになるよ」

チャンスの女神には前髪しかないと言う。今、勇気を出してその前髪をつかまなければ、チャンスは逃げてゆくのだ。

「ねえ、ママ、この話の一体どこが気に入らないの？」

すると、茜はきわめて落ち着いた声で答えた。

「だって、茶托(ちゃたく)の縁に傷が付いてたのよ」

七は言わんとすることが理解できず、一瞬ポカンとして茜の顔を見返した。

「普通、大事なお客さまにそんな茶托、出さないでしょ。それにお茶だって、すごく渋かったわ。きっと、せっかくの玉露(ぎょくろ)に熱湯を注いだのよ」

七はライセンス契約の話にすっかり舞い上がっていたので、お茶の味など覚えていなかった。

「あの、それはさ、悪気があってやったわけじゃなくて、男の人だからお茶なんか淹れたことないんじゃないの？」

この棚からぼた餅級の契約話を壊したくない一心で、つい相手の不手際を取り繕うようなことを言ってしまう。

「ママもそう思うわよ。でも、土曜日で女性社員が休みなのは向こうは百も承知でしょ。それなら近くの喫茶店からコーヒーの出前を取るとかすれば良いじゃない。それか、個室のある喫茶店に呼んで話をするとか」

言われてみれば、茜の指摘はもっともだった。七の勤める安藤・丸山法律事務所でも、大事なお客のときは事務員の淹れたお茶ではなく、同じビル内の喫茶店からコーヒーの出前を取っている。

七が少し冷静さを取り戻したと見て取って、茜は言葉を続けた。

「あの人たち、ママと七ちゃんをサニー製菓本社の中に入れて、信用させるのが目的だった気がするの」

茜は額に人差し指を当てて眉を寄せた。

「題名が思い出せないんだけど、昔読んだ小説でね、銀行の中でお部屋に案内されて、そこで株式だか債券だかを銀行員に渡すの。その銀行員は現金を取りに部屋を出たっきり、いつまで経っても戻ってこないのね。あわてて探すともう後の祭りで、そいつは銀行員の振りした詐欺師（さぎし）だったのよ」

それは俗に言う「篭脱（かごぬ）け詐欺」の手口である。

「……つまり、今度のライセンス契約の話は詐欺で、あの二人は詐欺師だって言うの？」

「ママはそう思う」

七は「でも」と言ったきり、次の言葉に詰まった。今日の出来事を順を追って思い出すと、茜の話は確かに一理ある。

「多分、今度の土曜日は契約書を取り交わす前に、どういう名目か分からないけど、うちが一時的にお金を出す話に持っていくはずよ。今回は仮契約で、本契約が成立したらお金は戻ってくるとか、色々と話は作れるでしょ」

七の頭には「一時金」「供託金」「保証金」などの言葉が浮かんだ。確かに、色々な名目で一時的に金を出させる方法はある。

「それに、どう考えてもおかしいと思わない？　天下のサニー製菓が、うちとライセンス契約を結ぶなんて。しかも、あんな目の玉も飛び出るような契約金を払うのに、うちは今まで通りケーキを作って喫茶店に卸しても良いなんて、条件が良すぎるわ」

七はあのサニー製菓本社ビルの偉容を思い出した。あのビルをひと目見たときから、七は相手の術中にはまっていたのだろう。

冷静になって考えれば、茜の言うことは正しい。こんな甘い条件で契約したら、サニー製菓にはほとんどメリットがない。大企業が利益にならない契約を結ぶはずはなかったのだ……。

「ママの言う通りかも知れないね」

七は素直に白旗を掲げる気持ちになった。

「でも、どうやって確かめられるのかな？」

「七ちゃんの事務所の偉い先生たちの中に、サニー製菓の重役とお知り合いの人、いない？」

「あ、そうか。その手があるか」

七はポンと膝を打った。

「月曜に事務所に行ったら、訊いてみる！」

事務所に出勤した七が、まず初めに相談した相手は横井都だった。都はベテラン事務員なので、所長の安藤と丸山を始め、所内の誰とでも気軽に話が出来る。

「それ、怪しいわね」

およその経緯を話すと、都はすっかり興味を持ってくれ、大物渉外弁護士の一人、高千穂弘樹のところへ七を連れて行った。

「先生、確かサニー製菓主催のゴルフコンペに参加されていらっしゃいますよね？」

「そうだけど、何か？」

高千穂はデスクの上の書類に目を通しながら生返事をした。

「専務取締役の柿谷と名乗る男が、栗田さん親子を詐欺にかけようとしてるんです」

高千穂はさすがに驚いて二人の方を振り向いた。

「何だって？」

都に目で合図され、七は一礼してから言った。

「柿谷さんの名を騙った偽者だと思います。それともそんな重役、元々いないのかも知れません」

「ちょっと待って。確か、コンペのときの写真が……」

高千穂はデスクの抽斗を開け、書類の束の間から数枚の写真を引っ張り出した。そして一枚の集合写真を七に見せた。

「ちょっと分かりにくいけど、この人が柿谷さん」

人差し指で前列の端の方の人物を差した。体型は似ているが、顔はまったくの別人だった。

「横井さん、栗田くんと一緒に、友川くんに事情を話しなさい。彼なら二課に顔が利く」

友川遥真弁護士はこの事務所では珍しく、経済絡みの刑事事件を担当することが多かった。二課とは警視庁捜査二課のことで、経済事件を扱う部署だ。

「お忙しいのにすみません」

七は友川の前で肩をすぼめて頭を下げた。いつも割に合わない刑事事件を引き受けて、時には被害者救済のために手弁当で駆け回る姿を見ている。自分のためにその貴重な時間を割いてもらうのは、なんとも心苦しい。

だが、友川は少しも嫌な顔をせず、穏やかな表情でいたわるように言った。

「そんなことは気にしなくて大丈夫。まずは最初から、詳しく事情を話して」

友川は途中で二、三質問した以外は、一切口を挟まずに七の話を聞いてくれた。

バカにしたような素振りはまるでなく、伝わってくるのは同情だけだった。

「多分、予約金とか預かり金とかの名目で、金を引っ張るつもりなんだろう」

友川は話を聞くと即座に断言した。

「知り合いの刑事に電話してみるよ。詐欺を働く人間は常習性があってね。調べれば過去に余罪があるはずだ」

友川はそう言ってデスクの受話器を取り上げた。通話が終わるまで、七は息を殺してじっと待った。

やがて友川は受話器を置くと、七の方に向き直った。

「情報はすべて伝えたから、これでもう栗田さんに接触してくることはないと思う。でも、ターゲットにされたんだから、油断しないようにね。しばらくの間、通勤途中も人気（ひとけ）のないところは歩かない方が良い」

「はい」

七は神妙（しんみょう）に応えて再び頭を下げた。自分たち親子に迫っていた危機を、改めて実感した。そして急に恐ろしくなった。

「ママはすごいね。よく茶托やお茶で、詐欺に気が付いたよね」

帰宅すると七は事務所での対応を報告し、茜を褒めちぎった。茜は照れくさそうに首を振った。

「本当はね、それは二番目のきっかけなの。最初に気がついたのは、あの柿谷って人が、昔お祖父ちゃんをだまそうとした詐欺師に似てるってこと」

「お祖父ちゃん、詐欺に遭ったの？」

「幸い、お祖母ちゃんのお陰で、すんでのところで引き返したけど」

茜が小学五年生のとき、父の恭一を大学時代の同級生が訪ねてきた。

「自分の勤務する製薬会社が癌の特効薬を開発した。発表されたら株価は急騰する。今買っておけば、億万長者も夢じゃない」と煽った。恭一はすっかりその気になってしまった。

「でも、その人が帰ると、お祖母ちゃんが必死で諫めたのよ」

母の緑は必死で恭一に訴えた。

「どうして大学で同窓だったというだけで、大して親しくもないあなたに、そんなうまい話を持ってきたの？　おかしいですよ。私なら自分の妻か親兄弟の名義で株を買います。わざわざ赤の他人を儲けさせてやったりしません。そう思いませんか？」

緑の言うことには一理あった。恭一も次第に冷静さを取り戻すと、同級生に不審を抱くようになり、交際を断った。

後に分かったことだが、その男はかつての同級生の家を訪ね回って作り話をし、金をだまし取ろうとしていたのだった。そして、結局は悪事が露見して逮捕された。

「その男の感じが、あの柿谷にそっくりだったのよ。いかにも大物っぽい雰囲気で、人当たりが良くて、こっちに都合の良い話ばかりして……それでいて、時々探るように相手を見る目つきとか」

だから柿谷と会った直後から、茜の心には警戒心が生まれていた。それは茶托の傷や熱湯で淹れた渋いお茶の件で、どんどん強くなっていった。

「お陰でママも七ちゃんも無事だったんだから、お祖父ちゃんとお祖母ちゃんには感謝ね。それと、あの同級生にも」

後に友川を通じて、七は詐欺師たちが逮捕されたことを知らされた。他にも似たような事件を起こしていて、余罪がたくさんあるらしい。

七も茜もホッと胸をなで下ろすと同時に、詐欺の標的にされるほどケーキの仕事が大きくなったことに、深い感慨を覚えたのだった。

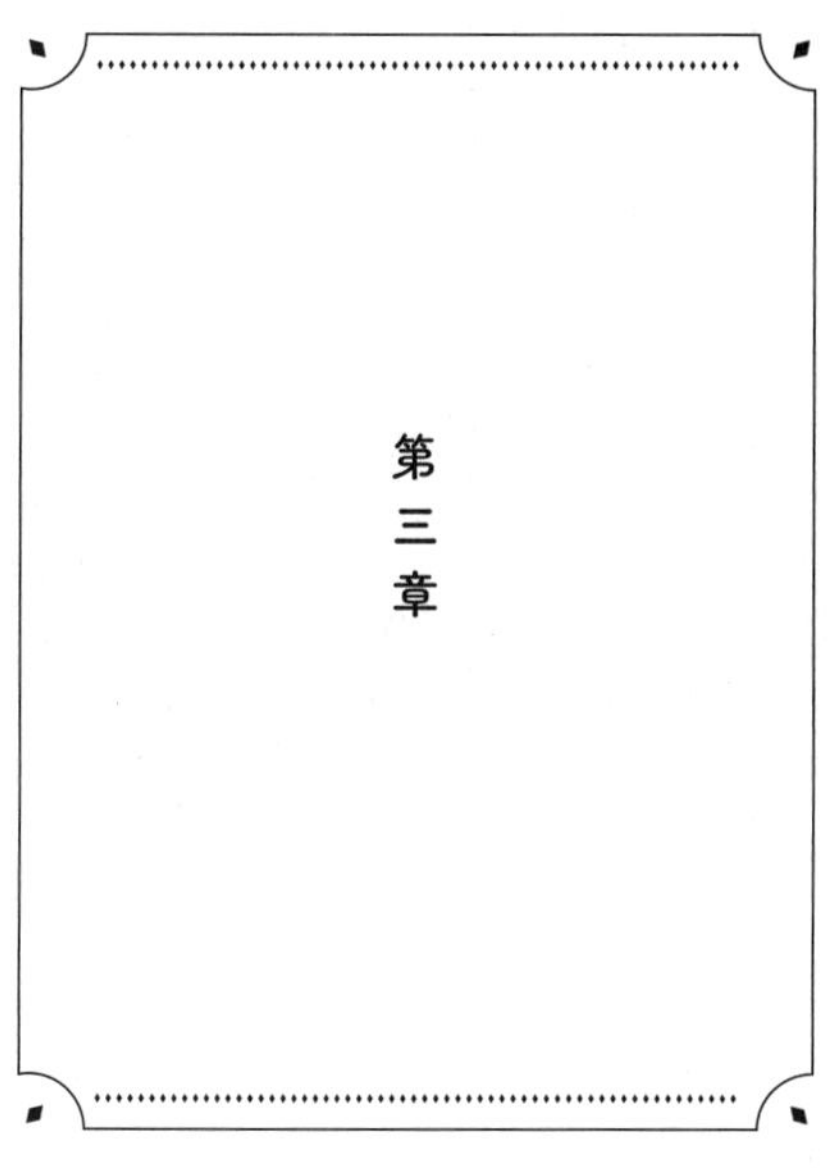

第三章

商店街を通って駅へ向かうのが、七の出勤コースだった。

朝八時の商店街は、まだシャッターを下ろしている店が多い。真っ直ぐ前を向いて歩いていたが、いつもは開いている店にシャッターが下り、貼り紙までされているのが目に留まって、つい足を止めた。

「店主急病につき、しばらくお休みいたします。きぬた屋」

そう言えばあのおじさんも、いい年だしなあ……。

頭の中でぼんやりそんなことを思い、七は再び駅へと歩き始めた。

〝きぬた屋〟は老夫婦で営んでいるパン屋で、開業から四十年以上経ち、商店街でも一、二を争う古株だ。仕入れたパンを売るのではなく、自分の店で焼いたパンを売っている。

とはいえ、最近流行の洋菓子の親戚のようなデニッシュ・ペストリーの類いではなく、昔ながらのコッペパン専門だ。そのままでも買えるが、注文すればジャム、マーガリン、チョコクリーム、ピーナッツクリーム、あんこなどを塗ってくれる。

これが意外に評判が良く、通勤や通学途中に買ってゆく人、昼食やおやつに買い求める人などで、午後の早い時間に売り切れてしまう。

七も何度か法律事務所のおやつに買って行ったが、お裾分けした事務員仲間には

「レトロで懐かしいわ」と評判が良かった。

きぬた屋の主人夫婦はあまり商売っ気がないらしく、売り切れ次第店を閉めてしまう。店で扱うパンの種類も増やさない。主人はその理由を「面倒臭い」と言ったそうだ。真偽のほどは定かではないが、「きぬた屋伝説」として定着している。

安藤・丸山法律事務所では、昼食時、弁当持参の女子事務員は気の合う者同士で集まって昼食をとる。

その日、七は横井都と他の同僚二人と、四人で机を囲んだ。すると、都が机の上に紙の小箱を置いた。

「これ、デザートね」

正方形の小箱はメロンの桐箱より一回りほど小さめで、「気になるリンゴ」という文字とリンゴの絵がプリントされていた。

「何ですか？」

「アップルパイ。青森のお店で作ってるの。地元じゃ有名なのよ」

「へええ」

七と同僚二人は改めて「気になるリンゴ」の箱を見直した。

確かに青森はリンゴの名産地だが、アップルパイと聞くとちょっと意外な気がした。洋菓子なら東京に有名店がたくさんある。わざわざ青森の店の品を買わなくても……という思いと、いや、何事にも一家言ある都が持ってくるくらいだから、きっと美味しいに違いないという思いが混じり合い、期待が膨らんだ。

みんなが弁当を食べ終わると、都は箱を持って立ち上がった。

「ちょっと待ってて。これ、ホールだから、切ってくるわ」

「お手伝いします」

七も都にくっついて給湯室へ向かった。

「リンゴを丸ごとパイで包んでるのよ」

都は箱の蓋を開け、ドーム型のパイをまな板に載せた。包丁を入れて切ると、なるほど、断面は丸ごと一個のリンゴだった。そしてリンゴを包むパイ皮は、たいそう薄かった。

小皿とフォークを用意して事務室に戻ると、二人の同僚も目を輝かせて待っていた。

「いただきます！」

一口食べて、七は「気になるリンゴ」の独特の美味しさに驚かされた。普通のアップルパイはやわらかく煮たリンゴを使うのに、「気になるリンゴ」はリンゴのしゃきっとした歯応えが残っている。それでいて生ではなく、充分にシロップの味が染みているが、甘さは控えめで、バターの効いたパイ皮との相性も抜群だった。

　リーフレットによると、芯をくり抜いたリンゴを一カ月シロップに漬け込んでいるのだという。

「美味しいですねえ」

「アップルパイの固定観念が覆されました」

「青森にこんな洒落たケーキがあるなんて、ちょっと驚きです」

　みんなが褒め言葉を口にすると、都は少し得意そうに顎を上げた。

「でしょ？　私も初めて食べてびっくりしたわ。青森出身の友達がお土産に持ってきてくれてね。あんまり美味しいからみなさんにもご馳走したくて、お取り寄せしちゃった」

「ありがとうございます！」

「さすが、横井さん」

　都はおだてられると素直に喜んで、こうして美味しいお菓子を奢ってくれたりする。つまり気の良い性格なのだ。みんなそれが分かっているので、何かにつけて都を立てていた。

「今日、珍しいアップルパイをご馳走になったの」

七は帰宅すると、早速茜（あかね）に「気になるリンゴ」の件を報告した。

「作ってるのは『ラグノオ』っていう青森の会社で、元は明治時代に創業した駄菓子屋さんだったんですって。それが創意工夫を重ねて、あんな美味しいアップルパイを作るようになったんだから、大したもんよね」

「パイ皮作るのは、難しいのよねえ。ママが昔ケーキ作りを習いに行った教室でも、パイの授業は最後だったわ」

茜は当時を思い出すように遠くを見た。

「そのパイは、東京でも手に入るの？」

「うん。横井さんもお取り寄せだった。うちでも一つ取ろうか？」

「そうね。是非一度食べてみたいわ」

それから茜は、感心した顔で溜息（ためいき）をついた。

「それにしても、便利になったわよねえ。青森のお店のケーキが、東京でも食べられるんだから」

「私もちょっと意外だった。お取り寄せのイメージって、果物と魚介類と蕎麦・うどんくらいだったから」

そのとき、七の頭の片隅には「アップルパイが全国配送できるなら、パウンドケーキだって出来るよね」という考えが、ぼんやりと浮かび上がった。

日曜日の午後、七は茜と連れ立って喫茶店〝ルナール〟を訪れた。

その道すがら、きぬた屋の前を通りかかると、まだシャッターが下りていて、貼り紙もそのままだった。

「きぬた屋のおじさん、まだ退院できないの？」

七が尋ねると、マスターの有二は気の毒そうに首を振った。

「良くないらしい。脳梗塞で、右半身に麻痺が出たって話だ」

「まあ」

七も茜も同時に嘆声を漏らした。

「お店は畳んじゃうの？」

半身が麻痺した身体では、もうパンは作れない。

「そうするしかないわよね」

有二に代わって、マダムのまりが答えた。

「昨日、お見舞いに行ってきたの。そしたら奥さんが話してくれたんだけど、ご主人が退院したら店を売って、二人で老人ホームに入ることにしたって」

「お気の毒だけど、その方が良いんでしょうね。二人一緒に暮らすには」

茜は小さく溜息をついた。

「私が子供の頃からある店だから、なくなるのは寂しいけど」

七はきぬた屋の店構えを思い浮かべた。

「ねえ、おじさん、売りに出たら、お店はなくなっちゃうの？」

「いや、この商店街は規約があって、職種は問わないが店を開けないとダメなんだ。次もパン屋になるかどうかは分からないが、何かしらの店にはなるだろうね」

その瞬間、七の頭にはハッキリとイメージが浮かんだ。

「ねえ、ママ、うちできぬた屋を買い取ろうよ」

「え？」

茜も有二もまりも、呆気（あっけ）に取られたようにポカンと口を開けた。

「あそこの仕事場でケーキを焼いて、店で売ろう。喫茶店に卸（おろ）すだけじゃなくて、直接お客さんに売るの。普通のケーキ屋さんみたいに。ううん、みたいじゃなくて、ケーキ屋さんを開くのよ」

茜は困惑して、七から有二、まりへと視線をさまよわせた。

「良いんじゃないかな」

有二は納得がいった顔で頷いた。

「茜ちゃんのケーキは今、喫茶店の卸売りで充分採算が取れるようになった。それなら自前で店を持つのは悪くないと思うよ。ここは駅前で立地も悪くない。ある程度のお客さんは見込めるよ」

「それに、何と言ってもきぬた屋さんのオーブンは業務用でしょ。一度に焼ける数だって段違いよ」

七はここぞと声を励ました。

「店売りなら、バナナケーキとダークフルーツケーキの他に、別のケーキも置けるでしょ。ママ、ババロアやプリンも得意じゃない。それにクッキーも」

茜も次第に心を動かされてきたらしい。目の輝きが強くなった。

「……ケーキ屋さん」

「最初は無理しないで、きぬた屋さんみたいに、売り切れごめんで早めに店仕舞いしたって良いと思うわ。そのうち、お客さんが増えてきたら、営業時間を長くする」

「でもねえ、今の数をこなすのだって、ママと里美さんと二人で手いっぱいなのよ。これ以上は難しいわ」

「それじゃ、もう一人パートの人を雇えば？」

「簡単に言わないで」

茜は眉をひそめた。離婚する前、関口総合病院の院長夫人として、夫の親族と勤務医、看護師、事務員たちの付き合いに苦労してきたので、煩わしい人間関係には辟易しているのだ。今の、娘との気楽な二人暮らしの生活が変化するのは嫌なのだろう。

「それだったら、里美さんに勤務時間を増やしてもらうのは？」

「三時間って約束だったのに、無理よ。里美さんにも家庭があるんだから」

茜の助手を務める前野里美は公務員の妻で、子供はいない。

「そんなの、訊いてみないと分からないじゃない。もしかしたら、パート収入が多くなって喜ぶかも知れないでしょ」

里美の家は茜のマンションの近所で、通勤時間はゼロに等しい。子供のいない専業主婦なら、働く時間を今の倍の六時間にしても、家事に支障は出ないだろう。

しかし、茜は七の勇み足にストップをかけた。

「七ちゃん、専業主婦には〝一〇三万円の壁〟があるのよ」

七はハッと思い至った。専業主婦の場合、年収〝一〇三万円〟以下だと保険その他すべて夫の扶養(ふよう)に入れ、税金も免除されるが、それを超えるとかえって税負担が増える仕組みになっている。

「そうか。そうだった」

法律事務所に勤めていながら、そこに気づかないとは……。

「でも、一応話だけはしてみようよ。〝一〇三万円〟を超えなければ良いんでしょ。一日五時間で週五日勤務だと年収約百四万円だから、一万円オーバーだよね。だから、年間十数日は働く時間を四時間にすれば、調整可能じゃない？」

茜もようやく決意を固めたようで、しっかりと頷いた。

「分かったわ。里美さんに話してみる」

そして、満足そうに微笑(ほほえ)んだ。

「ホントは、ママもケーキ屋さんをやってみたかったの」

茜が店を出すことに合意すると、七はスーパー〝ウエスト〟の幼馴染みの健人(けんと)にメールを送った。なんとなく、健人なら自分の決断を支持してくれるような気がしたのだ。

案の定、健人は力強いエールを返信してくれた。

「おめでとう。親父からおばさんと七がすごく頑張って、自家製のケーキがどんどん売れ行きを伸ばしていると聞いている。他人事ながら、俺も卸しだけじゃもったいない、おばさんもそろそろ自分の店を持ってもいいんじゃないかって、そう思ってたんだ。俺みたいな素人の考えじゃなくて、七とおばさんが決断したんなら、絶対に正しいと思う。店売りには卸しとは違う苦労があって大変だと思うけど、成功を祈ってる、いや、信じてる。頑張れ。おばさんにどうぞよろしく。　西脇健人」

メールの文言は好意に満ちていて、七は大いに力づけられた。

やっぱり持つべきものは幼馴染みだわ。

健人に励ましてもらうと、七の勇気はそれまでにも増して、力強く湧き上がるのだった。

ところがその翌日、スーパーウエストに仕入れに行ったとき、七は社長の卓人から思いがけぬことを知らされた。

「健人のやつ、昨日、夜中に救急車で病院に運ばれてさ」

「ええっ⁉」

「虫垂炎だってさ」

「まあ」

「腹膜炎を起こしかかっていたらしい。すぐ手術で……」

健人は夕方から腹痛を感じていたが、悪いものでも食べたのだろう、しばらく下痢でもすれば治るだろうとたかをくっていた。しかし腹痛はますますひどくなり、痛みが右下腹に集中して、初めて「もしや」と気が付いた。

「で、救急車呼んで、病院へ担ぎ込まれたってわけさ」

「それで、健ちゃんの容体は？」

「今日の午後一で手術だった。まあ、今の医療技術では、盲腸くらいどうってこともないやね。麻酔が覚めたら元気そのものだよ」

「ああ、良かった」

つまり昨日の夜、健人は盲腸の苦痛の中で、あの頼もしいメールを送ってくれたわけだ。

早速お見舞いに行くつもりだった。しかし、卓人はバツの悪そうな顔になった。

「それがさ……担ぎ込まれたのは関口総合病院なんだ」

七の父、敏彦の病院である。同時に、二度と足を踏み入れたくない場所だった。

七の苦い表情を見て、卓人は気持ちを慮ったように言ってくれた。

「お見舞いなんぞ、要らないよ。一週間もしないで退院だし、本人だって、入院中のだらしないとこ、若い女の子に見られるの、決まり悪いだろうからさ」

「おじさん、ごめんね。後でお見舞い持ってくる」

「いいって、いいって。こんなことで気を遣わなくていいよ。お宅にはいつもどっさり買い物してもらって、うちは助かってるんだからさ」

「それはうちも同じよ。ほんとに助かってる」

大量購入のお得意様なので、スーパーウエストでは納品も価格も、茜の都合に合わせてそれなりに便宜を図ってくれる。

「それじゃ、とにかく健ちゃんによろしく言ってください。おばさんにも、お疲れさまって」

「ああ、ありがとう」

七は家に帰ると、健人の入院を茜に報告した。茜も健人の急病には大いに同情したが、入院先が関口総合病院と知ると、困惑を隠せなかった。

「おじさんは気を遣わなくていいって」

「……そうね」

茜は疲れたような表情で溜息をついた。

「悪いけど、お言葉に甘えさせてもらうわ。後でタックンにお見舞いことづけることにする」

七は自分と母が、いまだに関口家から自由でないのを感じた。離婚したとはいえ、すべてを断ち切るというわけにはいかない。例えば今度のようなときも……。

七は改めて、人と人との関係の複雑さに思いを致し、やるせない気持ちになったのだった。

きぬた屋買い取りの件は順調に運んだ。きぬた屋と同じく地元でも古株の羽佐間不動産が仲介に入ったことで、互いに納得できる条件で契約が成立した。

「うちは急ぎませんから、あわてて引っ越さなくて大丈夫ですよ。ちゃんと準備が整うまで、お待ちします」

茜は脳梗塞で倒れたきぬた屋の主人を慮って、妻の絹子にそう告げた。きぬた屋夫婦の名前は向井太郎・絹子という。〝きぬ〟と〝た〟で〝きぬた〟屋だったのだ。

「ありがとう、奥さん。でも、もう施設も見つけて契約済ませちゃったのよ」

絹子は寂しそうに微笑んだ。自宅を売ったお金で、夫婦で入居できる老人ホームに入るのだという。

「だからうちの人の退院が決まったら、そのまま家には戻らずに施設に行くわ。なまじ一度戻ったら、出て行くのが辛くなるから」

そんなわけで契約成立後半月で、向井夫婦は施設に転居し、きぬた屋は完全に茜のものになった。

「やっぱり、少しはお店もきれいにしたいわね」

空のショーケースが並んだ小さな店を見回して、茜は呟いた。小さな店なのに品物がないと、ガランとして妙に広く感じる。

それにしても、築五十年になろうかという木造店舗は、いかにも暗くてくたびれていた。昭和レトロなコッペパンを売るにはふさわしかったが、小ぎれいなケーキ類を売るにはちょっといただけない。

二階の住居スペースは物置に利用するので、現状のままで支障ないが、一階の売り場は改装の必要があった。

「ママ、羽佐間さんに相談して、内装屋さんを紹介してもらう?」

　七も茜も大工仕事は出来ないので、業者に頼むしかない。

「その前に、ルナールのおじさんに訊いてみようかしら。ママ、あんな感じのお店にしたいから、同じ業者さんに頼めたら……」

　ルナールは落ち着いた雰囲気のお洒落（しゃれ）な店だ。それも今風のお洒落ではなく、たとえるなら〝戦前の東京のお洒落〟だろうか。七もルナールの今風でないお洒落感が好きだった。

　七は事務所の帰りにルナールに立ち寄った。事情を話すと、マスターの有二は記憶をたぐりながら宙を見上げた。

「あそこは息子の代になったんだ。前に、事務所移転の案内をもらったんだが……。まりちゃん、あのパンフレット、どこだっけ？」

「ちょっと待って。探してくる」

　まりは気軽に言って奥へ引っ込んだ。

「ごめんなさい。お仕事中に」

「気にしなさんな。忙しい時間でもないし」

　客席は半分ほど埋まっていたが、コーヒーはすべて行き渡っていて、新しい注文も来ていない。

「あったわよ」

まりがパンフレットを手に戻ってきた。

「ありがとう、おばさん」

しかし、受け取ってひと目見て、これはダメだと悟った。事務所の住所は六本木の有名なオフィスビルで、印刷された内装の事例も、大きくて立派な店ばかりだ。きっと費用も高いだろう。茜のような小さな商店主が頼めるクラスの業者ではないらしい。

「ごめんね。やっぱり、羽佐間さんに紹介してもらうわ」

七は家に帰ってそのことを話した。

「そう。仕方ないわね」

茜はガッカリしたようだったが、潔く諦めた。

しかし、羽佐間不動産の紹介してくれた内装業者も問題だった。

茜が店舗に案内しておよその予算金額を告げると、あからさまに唇をひん曲げて苦笑を漏らした。

「奥さん、うちは慈善事業やっててんじゃないんですよ」

続いて、厨房の壁を指さした。

「タイルの目地に汚れが染み込んじまって、これじゃ洗っても落ちやしない。貼り替えなきゃダメですよ。ショーケースも古すぎだし、床もガタが来てるし。小手先の修理じゃどうにもなりませんや。建て替えるつもりで全面的に改装しないと」

そして持参した電卓のキーを叩き、改装工事の見積もり金額をはじき出した。それは茜の想像を超える金額だった。

「ママ、断っちゃった。別の業者さんを探すわ」

帰宅した七に、一部始終を打ち明けた。金額的に折り合いがつかないのはもちろん、その態度がずぶの素人をバカにしきってるようで、どうにも我慢ならなかったのだ。

「良いじゃない、ママのお店だもん。ママの気に入る業者さんを探そうよ」

「でも、困ったわ。どうやって探したら良いのかしら」

「明日、事務所で訊いてみる」

世間知の塊のような横井都なら、良い知恵を授けてくれるかも知れない。

ところが、助け船は意外なところから現れた。

「あのう、私の学生時代の友達が、インテリアの仕事をしているんですけど……」

遠慮がちに声を上げたのは、アシスタントの前野里美だった。

「個人でやってるんで、お客さまも小さなお店のご主人がほとんどなんです。彼女なら、きぬた屋さんみたいなお店のリフォームをたくさん手掛けてるはずなんで、あまりお金を掛けずにリフォームするアイデアがあるかも知れません」

里美は控えめで大人しいが、誠実で責任感が強い。いい加減なことを言う人柄ではない。里美の推薦(すいせん)なら信用できると、茜は即決した。

「ありがとう、里美さん。その方を紹介してくださる？」

翌日の午後、茜はきぬた屋に赴いた。仕事を終えた里美も同行してくれた。約束の時間の五分前に、里美の友人のインテリアデザイナーは店を訪れた。

「初めまして。榊原(さかきばら)ハルと申します。よろしくお願いします」

ハルは丁寧に一礼して、茜に名刺を差し出した。「インテリア工房Ｈａｒｕ　榊原ハル」とあった。

「すみません。私、名刺がなくて」

「どうぞ、お気になさらないでください」

ハルは笑顔で答えた。名刺を持たない商店主のお客さんに慣れているのだろう。

ショートカットで眼鏡を掛け、地味なパンツスーツを着て、大きな鞄(かばん)を提(さ)げていた。顔も身体も少しふっくらしていて、穏やかで知的な印象だった。

「お店の中を拝見してよろしいですか？」

「どうぞ、どうぞ」

ハルは狭い店と厨房を一通り見て回り、茜の前に戻った。

「基礎はしっかりしているので、大掛かりな工事は必要ないと思います」

その言葉に、茜は思わずホッと胸をなで下ろした。

「このショーケースはこのまま使えます。中のトレイをきれいな色のものに変えるだけで、随分印象が明るくなりますよ」

そして厨房の床を指さした。コンクリート打ちっ放しの床は、冬はいかにも寒々しい。

「簀(す)の子(こ)を敷くのがお勧めです。木のぬくもりで足に優しいし、水を流して洗えるので、掃除(そうじ)が楽ですよ」

店の床はリノリウムがひび割れて、どうにもいただけない。

「店の床だけ張り替える分には、それほど費用は掛かりません。カーペットを敷いて隠すという手もありますし」

壁に飾り布を垂らす、造花のアレンジメントや動物の写真を飾るなど、安い費用で出来る飾り付けをハルはいくつも提案してくれた。

茜は厨房の壁を指さして訊いてみた。

「別の業者に、タイルの目地に汚れが染み込んでいて落ちないから、全部貼り替えるように言われたんですけど」

ハルは壁のタイルに目を凝らした。

「お客さまから見えるので、きれいにした方が良いとは思います。ただ、貼り替えなくても、絵を描いて隠せば大丈夫だと思います。私の知り合いにイラストレーターの卵がいるので、訊いてみましょうか？　貼り替えるよりはずっと安いと思います」

ハルは持参したスケッチブックに鉛筆を走らせながら続けた。

「こぢんまりしたお店なので、メルヘンチックな可愛らしい内装が似合うと思うんです」

ハルは改装後のイメージ画を描き上げて見せた。ラフなスケッチだが、イメージは充分に伝わってきた。

「ステキ。良いわね」

里美を振り返ると、嬉しそうに頷いた。

「あのう、それで費用のことですが……」

ハルは電卓を叩いて数字をはじき出し、茜に見せた。

「およその試算ですが、数字が前後に大きく動くことはありません」

それは茜が最初に出した予算より、いくらか安かった。業者に「慈善事業じゃない」と嘲笑された金額よりも。

「これで、本当によろしいんですか？」

「はい。一〇〇円ショップで売っている材料も使わせてもらいますから。一〇〇円ショップの商品の質は、決して悪くないんですよ」

喜びと感謝が胸に込み上げて、茜は深々と頭を下げた。

「ありがとうございます。榊原さんにすべてお任せいたします！」

リフォームの件はハルのお陰で上手くいきそうだった。しかし喜んだのも束の間、別の難題が待っていた。

「パサついてる！」

茜の声に、七と里美もケーキを口に入れ、そして互いに顔を見合わせた。日曜日で休みだったが、里美は元きぬた屋の業務用ガスオーブンの試運転に、ボランティアで参加してくれたのだ。

茜は扉を開いてオーブンの中を覗き込んだ。動揺が顔に表れて、いつもの柔和な表情が消えている。

「温度設定は同じはずなんですけど」

里美は不安そうに茜の顔をうかがった。

「今度はもう少し低い温度で焼いてみますか？」

その問いかけも、茜の耳を素通りしているらしい。

「それとも、アルミホイルをかける時間、少し早くしますか？」

茜は焼き上がったケーキの表面に焦げ目がつきすぎないように、途中でアルミホイルをかぶせていた。

「……そうね。でも、原因が分からないと心配だわ」

「電気とガスと、何が違うのかしら？」

七が呟くと、里美がハッとした顔になった。

「ガスの方が温度の上がりが早いんですよ！」

茜と七は同時に里美の方を見た。

「私が前に勤めていた保育園の給食センター、ガスでご飯を炊いてたんです。浸水させたお米をお釜に入れてガスの火にかけると、十五分で炊き上がるんですよ。電気釜だと三十分以上かかるのに。だから、ガスの火力は強いんですよ！」

その言葉で、茜は目から鱗（うろこ）が落ちたような気がした。

「そうか。そうだったんだ。ガスの方が火の回りが早いんだ！」

茜と里美はガスの温度の上昇する時間を考えて早めにアルミホイルをかぶせて焼いてみた。すると、今度はいつも通りの、しっとりした生地（きじ）に焼き上がった。

茜は里美の手を取った。七も里美の手を取り、三人は輪になった。

「良かった！　良かった！」

三人は輪になって、小学生のように跳ね回った。

「ママ、お店の名前を決めようよ」

その日、家に帰ると七は茜にしばらく前から考えていたアイディアを伝えた。考えてみれば、今まで店名がなかった方がおかしい。しかし素人から始めたケーキの卸売りで、店を構えずやってきたので、なんとなくそれが今まで続いてしまった。

だが、これからは事情が違う。茜の店が誕生するのだ。

「『アカナナ洋菓子店』で、どうかしら」

「アカナナ？」

「そう。ママと七ちゃんの名前を足して」

その一言で、七の胸は熱くなった。

アカナナ洋菓子店……ママの店、ママと私の店。

「うん、良いと思う。最高のネーミングだよ」

七は力強く答え、茜の目を見返した。

「そう言ってくれると思った」

茜は少し目を潤ませて、嬉しそうに微笑んだ。

〝アカナナ洋菓子店〟の船出が、いよいよ近づいていた。

アカナナ洋菓子店が開店したのは二〇〇二年の十月、秋もたけなわの、とある日曜日だった。

開店するにあたって茜は、七、里美、そして配送担当の植村(うえむら)とも話し合い、土・日曜も営業で月曜定休に決めた。私鉄の駅前商店街に店を構える洋菓子店は、やはり土日の売上げが多くなるだろう。その日に店を休むのは得策ではない。

「これまでの月曜から金曜までお願いしていた仕事を、火曜から土曜までにずらしていただくことは出来ませんか？」

「うちは構いませんよ。土曜も店は開けてますし、スーパーの配送にも行ってますから」

茜の申し入れを植村は二つ返事で承知してくれたが、里美は顔を曇らせた。公務員の夫は土日祝日は休日であり、おそらく妻がパートで家を空けるのを快く思わないだろう。

専業主婦の期間が長かったので、茜は里美の逡巡がよく分かった。

「大丈夫よ、里美さん。それじゃ、火曜から金曜まで週四日勤務にして、その代わり、一日の勤務時間を一時間延ばしてもらえるかしら？」

「はい、大丈夫です。よろしくお願いします」

里美は目に安堵の色を浮かべて頷いた。

開店準備に忙しく過ごしていた九月の終わり、その日の、夕飯は寿司の出前を取った。

「ママね、お店には店員さんを雇おうと思うの」

茜はさりげない口調で言って、小皿に醬油を垂らした。

「里美さんは接客は苦手だと言っているし、そもそもケーキ作りのお手伝いがしたくてうちに来てくれたわけだから、店員の仕事をさせるのは約束が違うわよね。ママもケーキ作りの現場を離れるわけにはいかないから」

　イカの握りを口に入れ、「うん、美味しい」と呟いてから、茜は話を続けた。

「お店を十時から七時まで開けるとして、休憩時間にママが応援に入れば、一人雇えばなんとかなると思うけど、ママはいずれ、店員さんを二人に増やしたいの。遅番と早番にするか、夕方二、三時間だけ二人体制を取るかは、もう少し様子を見てからじゃないと分からないけど」

　七は呆気に取られて茜の顔を見直した。いつもは石橋を叩いて渡らないくらい慎重……ある意味臆病な茜が、これほど積極的に攻めの営業方針を打ち出したことが意外で、どうしたのかと訝った。

「普通の洋菓子屋さんは、まずお店を開いて、繁盛してから卸売りにも手を広げるでしょ。でも、うちは逆よね。卸売りが上手くいって、お陰で店を持てた。だから、ママはなんとしてもアカナナ洋菓子店を繁盛させたいの」

　茜は決意を込めて、力強く言った。

「アカナナ洋菓子店を、ママの心の故郷にしたいの。安心して帰ることが出来て、いつでも優しく迎えてくれる、そんな場所に。もちろんママだけじゃなくて、七ちゃんの故郷にもしたいと思ってる」

その言葉に、七はハッと胸をつかれた。

思えば茜は頼れる両親を早くに亡くし、四半世紀も連れ添った夫に捨てられ、体(てい)良く婚家を追い出された。一人娘の七が常にそばに付き添っていたとはいえ、どれほど口惜(くや)しく、哀しく、寂しく、心細かったことだろう。

それが今、アカナナ洋菓子店という拠点を得て、やっと過去から脱却し、未来へ羽ばたこうとしている……。

「賛成よ。ママ、大丈夫。お店は絶対に繁盛するわ」

「七ちゃんなら賛成してくれると思った」

茜は安心したように微笑んだ。七は泣きそうになり、あわててマグロの赤身を口に放り込んだ。

「……山葵(わさび)、効きすぎ」

あふれた涙を手の甲で拭(ぬぐ)い、漏れそうになった嗚咽(おえつ)は缶ビールで喉(のど)に流し込んだ。

アカナナ洋菓子店の店員は、スーパーウエストの社長・西脇卓人が紹介してくれた。

　午前十時から午後七時までの通し勤務を担当するのは、田北その子という五十歳の女性で、元はウエストの青果部門でパート勤務をしていたのだが、腰を痛めて部署替えを願い出ていた。それを聞いた卓人が「洋菓子店なら重いものを運んだりしなくて済むから、やってみないか?」と打診してくれたのだった。

　その子は、一も二もなく承知した。離婚して子供を育てているシングルマザーで、午前十時から午後七時までの通し勤務というのも魅力だったらしい。それまでは二つ、三つとパートを掛け持ちしていたのだった。

　午後五時から閉店までの二時間のパートを探す段になると、今度はその子が「うちの娘はダメでしょうか?」と尋ねた。一人娘の莉乃は高校二年生で、アルバイトを探しているところだという。

　茜は二つ返事で承知した。

「それはまさに渡りに船ね。親子ならコミュニケーションを取りやすいし、人間関係で揉めることもないし、うってつけだわ」

　仕事で人を雇う場合、一番頭を悩ませるのは職場の人間関係なのだ。その点、親子なら安心だった。

　そしてもう一つ、自分たちと似たような境遇の母娘を応援したいという気持ちも、茜にはあった。

「店が落ち着いたら、今度はケーキ作りのアシスタントも増やそうと思うの。せっかくちゃんとしたショーケースがあるんだから、ケーキの種類も増やしたいし」

　莉乃の採用を決めた日の夜、茜は夕食の席で打ち明けた。

　夕食は水炊きだ。秋も深まって冬が近づいたから温まる鍋物にしたのではなく、簡単だからだ。おまけに栄養バランスもいい。今年に入ってから栗田家の夕食は寄せ鍋、味噌鍋、豆乳鍋、すき焼きと、ほとんど鍋のローテーションになった。

　七はそれも仕方ないと思っている。茜は忙しい。本当は七が夕食ぐらい作るべきなのに、作ってもらえるだけありがたい。それに七はたまに友人と外食もしているが、茜はずっとケーキ作りと店の管理に明け暮れているのだ。

「ママは、どんな種類のケーキを増やしたい？」

「今考えてるのはタルトなの」

「ああ、フルーツをのっけたやつね」

「ええ。ママは素人だから、細かいデコレーションは出来ないわ。でも、タルトなら出来るかも知れないと思って。前から挑戦してみたかったの」

「なるほど。ママは生地を焼くのはお手の物だし、中のクリームと上にかけるソースも、ちゃんと作れば絶対に美味しいもんね」

ケーキは分量の配分さえ間違わなければ、レシピに近い味を再現できる。その点が「材料が同じでも作り手によってピンキリ」のオムレツなどとは違う。

そして迎えたこの晴れの日、七は午前十時に店のシャッターを開けた。

ショーケースには看板のバナナケーキとダークフルーツケーキの他に、新作のブラウニー（アメリカ発祥のチョコレートケーキ）、ババロア、プリンが並んでいた。焼き菓子だけでは品揃えが単調だが、ババロアとプリンがあれば、バラエティーがあるし、客層も広がるだろうという読みだった。

お客さんに配る風船もたくさん用意した。

店頭には開店祝いに贈られた胡蝶蘭の鉢が並んでいる。同じ商店街に店を構えるスーパーウエストと喫茶店ルナール、浅草の喫茶店チェーン〝バルト〟のオーナー、そして人気時代小説家の六角丈太郎からも届いていた。

「六角先生からお花をもらえるなんて、すごいね」

鉢に挿された名札を見て、七は改めて茜に尊敬の眼差しを向けた。

「先生のご厚意を無にしないように、しっかり励まないとね」

茜も力強く答えて、しみじみと六角の名札を見つめた。

喫茶店相手にケーキの卸売りを始めたとき、たまたまルナールを訪れた六角が気に入ってくれ、祝い事の土産にと大量注文をくれた上、エッセイにも取り上げてくれた。そのお陰でスタートダッシュが勢いづいて、今日までやってこられたようなものだ。

「いらっしゃいませ！」

開店と同時に、数組のお客さんがやって来た。商店街に頼んで新店オープンのポスターを貼らせてもらったので、早くもその効果が現れたのだろうか。

「ありがとうございました！」

七は茜と一緒に店に立ち、注文を訊いてケーキを包装し、会計が終わるとお土産の風船を手渡した。珍しくもないものだが、小さな子供は結構喜んでくれた。

午後になると、茜と七は交替で昼食を食べることにした。先に茜が休憩に入ると、意外なお客が訪れた。

「開店、おめでとう」

「横井さん！」

安藤・丸山法律事務所の先輩事務員、横井都だった。

「ありがとうございます。わざわざ来てくださったんですか？」

「うん。栗田（くりた）さんがおやつに持ってきてくれるケーキ、美味しいから。いつかちゃんと買おうと思ってたんだ」

七はちょっと目頭が熱くなった。都が物知りで面倒見がいいのは知っていたが、これほど気遣いのある女性とは思わなかった。

「カットだと何種類も買えるからありがたいわ。一個ずつ、全部ちょうだい」

「ありがとうございます。消費税五パーセント分、おまけしますね」

「ダメダメ。それじゃ、開店祝いにならないわ」

都は手早く財布を取り出して代金を支払うと、軽く手を振った。

「じゃね、明日また」

七はカウンターの中で頭を下げ、都の姿が見えなくなるまで手を振った。

やがて三十分の休憩を終えて茜が店に出てきた。交替で休憩に入ろうと一歩踏み出したとき、新しいお客が入ってきた。

「まあ、友川（ともかわ）先生！」

安藤・丸山法律事務所に所属する弁護士の友川遥真（はるま）だった。十歳くらいの男の子を連れている。顔立ちが似ているので、きっと息子だろう。緊張しているのか、ほんの少し表情が硬かった。

「ママ、友川先生よ。あの事件のとき、お世話になった……」

サニー製菓重役を騙(かた)った詐欺師(さぎし)に狙われたとき、友川は各方面に連絡して、被害に遭(あ)わないよう骨折ってくれた。その際せめてものお礼としてバナナケーキを贈っていた。

「まあ、先生、その節はどうもありがとう存じました」

茜も深々と頭を下げた。

「いえ、あのときいただいたケーキが美味しかったんで。横井さんに訊いたら、店を始められるというので、買いに来ました」

そして男の子を見遣(みや)って「息子の遥也(はるや)です」と紹介した。

「ええと……全部一個ずつください。あ、プリンだけは二個」

それを聞くと、遥也の表情が一瞬緩んだ。プリンが好物なのだろうか。

「これからも時々来ますよ。うちは隣の駅なんで」

「まあ、そうだったんですか」

安藤・丸山法律事務所のような大手事務所の弁護士は、高給を取る代わりに激務だった。定時で帰る者はほとんどいない。同じ路線で通勤していても、七は友川と顔を合わせたことがなく、まさか隣の駅を利用していたとは知らなかった。

「どうもありがとうございました。またお待ちしてます」

茜が笑顔で風船を手渡すと、遥也はほんの少し微笑んだ。

午後三時を回った頃、もう一人思いがけないお客が訪れた。

「これは、六角先生！」

「開店、おめでとう」

六角は帽子のつばを少し持ち上げて挨拶した。

「初めてお宅のケーキを食べてから、まだ二年足らずだ。短い間によく頑張りなさったね」

「それもみんな、先生のお陰です」

「まさか。みんなあなたと娘さんの頑張りですよ。お宅のケーキが美味しいから、大勢のお客さんに支持されたんです」

その言葉に茜は目を潤ませた。七ももう少しで泣きそうだった。

「全部、三個ずつください。娘のとこは六人家族でね」

六角はこの近所に引っ越してきた娘の家を訪ねる途中でルナールに立ち寄り、茜のケーキと出合ったのだった。

「店売りには卸売りとは別の苦労もあるだろうけど、いい品を作ればお客はついてくる。それを信じて、これからも励みなさいよ」

そう言うと、六角は「御祝」と書いたのし袋をカウンターに置いた。

「先生、困ります！」

茜があわてて押し返そうとしたが間に合わず、六角はさっと背を向け、店を出て行った。

茜も七もただ深々と頭を下げ、その後ろ姿を見送るしかなかった。

その日、午後六時に店を閉めた。店に置いたケーキ類はほとんど売り切れていた。開店初日ということを割り引いても、なかなかの売れ行きだ。

「ママのケーキ、いろんな人に支えられてるんだね。ううん、六角先生ならきっと、ママのケーキに人を集める力があるからだって仰るわ」

「それこそ、支えて下さる皆さんのお陰よ。特に七ちゃんの…」

「まあ、いらっしゃいませ」

十一月に入ってすぐの日曜日、昼過ぎのアカナナ洋菓子店に友川が訪れた。今日も遥也を連れていた。

「この前のケーキ、全部すごく美味しくて、また食べたいって子供が言うんでね」

友川は前回と同様、プリン二個とその他を一個ずつ注文した。

「今日は風船ないのよ。ごめんね、遥也くん」

七が微笑みかけると、遥也は少し恥ずかしそうに頷いた。

「ところで、ブラウニーって、チョコレートケーキとどう違うの？」

ケーキを箱詰めしている七に、友川が尋ねた。

「私もよく知らないんですけど、レシピが違っていて、ブラウニーの方が普通のチョコレートケーキより生地が密みたいです。ま、うちは名前が短い方が名札を書きやすいんで、ブラウニーにしてるんですけど」

友川は「なあんだ」と言って小さく笑った。表情が柔らかく緩むと、息子の遥也と二重写しになり、無垢(むく)な内面があらわになった。

その瞬間、七は不意に胸が締め付けられるような気持ちがしたのだった。

友川遥真は安藤・丸山法律事務所では珍しく、経済関連の刑事事件を扱っていた。他の弁護士たちは主に企業と顧問契約を結んで企業法務を担当している。

年齢は四十そこそこで、外見は至って平凡だった。中肉中背で、目立つ容姿でもなく、他の弁護士のようにひと目で高級と分かるスーツも時計も身につけていない。

それでも、茜が巻き込まれそうになった詐欺事件の相談をしたときは、即座に的確な手を打って、貴重なアドバイスをくれた。ほんの一瞬見せた、普段とは違って厳しく引き締まった表情を、七はたいそう頼もしく感じたのを覚えている。

そして近頃は、日曜日になると息子の手を引いてアカナナ洋菓子店を訪れ、ケーキを買ってゆく。その優しい父親の顔も、七は好きだった。

いつだったか、友川は離婚したシングルファーザーだと聞いた覚えがある。そのときは聞き流していて、ほとんど忘れていた。

だが、今の七は猛烈(もうれつ)に友川の身辺が気になった。

「横井さん、今日のランチ、外食ですか?」

横井都がランチボックスを持参していないのを、七は素早く見て取った。

「ご一緒していいですか?」

「いいわよ。ただ、今日はベーグルの予定なんだけど」

「いつかのあのお店ですよね。私、もう一度行きたいと思ってたんです」

ベテラン事務員の都は事情通で、事務所のことならたいていは知っている。ここは都に訊くしかない。

「お気の毒だけどね、奥さん、不倫して先生とお子さんを捨てて、男に走ったらしいわ」

女性客の多い明るくお洒落な店内で、スモークサーモンとクリームチーズのベーグルサンドを一口かじり、都はただならぬことを口にした。

「ひどい……」

七はアボカドとシュリンプのベーグルサンドにかぶりつこうとして、思わず動きを止めた。

「ま、奥さんにしたら当てが外れたのかもね」

「どういうことですか？」

「だって、うちの事務所の先生方って、企業法務でがっぽり稼いでる人ばっかりでしょ。そこいくと友川先生は刑事事件なんか担当してるから、忙しい割にお金になんないのよ。弁護士イコール高給取りってイメージで結婚したとしたら、ガッカリするんじゃないかしら」

「でも、友川先生は本当にお優しくて立派な方です。あんまりお金にならなくても、困ってる人を見捨てておけなくて、だから刑事事件を引き受けてるんです」

「私に怒っても困るわよ」

都は苦笑を漏らした。

「……すみません」

「ま、気持ちは分かるわよ。みんなそう思うわよね。ただ、立派でなくても、一緒に暮らして幸せになれる人っているのよ。立派な人って、身内からすると疲れるのかも知れないわ。ほら、向こうが立派だから絶対こっちの負けじゃない」

都の深い人間洞察に、七はハッとさせられた。

「横井さん、大人ですね」

「褒めてくれて悪いけど、大人になるってあんまりいいことじゃないかも知れない。諦めの量が増えるだけって気がして」

七はふと茜のことを思い浮かべた。茜はたくさんのことを諦めて、今を手に入れた。自分はこの先、何を諦めるのだろう？

「ねえ、ママ、今度の日曜日、友川先生と遥也くんを夕飯にお招きしない？」

突然の提案に、茜は困惑気味に目を瞬いた。

「どうしたの、急に？」

「友川先生、離婚して遥也くんと二人暮らしなんだって。毎週買いに来てくれるお得意さんだし、詐欺騒動のときはお世話になったし」

茜がまじまじと顔を見つめてくるので、七は真意を悟られないよう、矢継ぎ早に言葉を発した。

「ご馳走を作ることないのよ。私、煮込みハンバーグとサラダ作る。ママ、味噌汁と煮物作って。それと、ゼリー寄せなら前もって作り置き出来るよね。あと、お新香は白菜が漬かってるし……」

「分かったわ。そうしましょう」

茜はすべてを察したように、笑みを浮かべて頷いた。

「すみません、すっかりご馳走になってしまって」

友川はテーブル越しにペコリと頭を下げた。

日曜日、いつものようにケーキを買いに来た友川を夕食に誘うと、最初は固辞したが、二度、三度言葉を重ねると、最後は快く承知したのだった。

「お粗末さまでした。何もありませんで、恥ずかしいです」

茜の言葉が終わらぬうちに、友川は大きく首を振った。

「とんでもない、美味しかったです。手の込んだ料理を食べるのは、僕も息子も久しぶりです。普段はスーパーの惣菜コーナーの残り物ばかりですよ」

食事が終わるとテーブルを片付け、デザートの柿を食べながら、四人でトランプで遊んだ。最初はぎこちなかった遥也も、途中からはすっかり打ち解けて、歓声を上げたり笑い声を立てたりするようになった。

遥也は男の子としては大人しい性格らしく、大声で騒いだり、いたずらをしたりしなかった。言動は至って素朴で不器用だった。日頃小さな男の子と接する機会があまりない七と茜は、その様子が好ましく感じられた。

友川はリラックスして楽しんでいる遥也を眺め、目を細めた。

そんな友川の表情をそっと盗み見る度に、七は胸の高鳴りを覚え、膨らんでゆく気持ちを抑えきれなかった。

「先生、ご迷惑でなかったら、また夕飯にいらしてください」

「ありがとうございます。でも……」

友川は気持ちの揺らぎを表すように、視線をさまよわせた。行きたい気持ちと遠慮すべきだという気持ちがせめぎ合っているのだ。

「先生、どうぞ遥也くんもご一緒に、またいらしてください。毎日娘と二人きりですから、たまにお客さまが来てくださると、気持ちに張りが出ます」

茜の言葉で、友川の気持ちは大きく「行く」方に引きずられたらしい。畏まって深々と頭を下げた。

「ありがとうございます。またお邪魔させていただきます」

二度目に友川と遥也が家を訪れたときだった。

食後、茜は遥也にお手玉をやって見せた。遥也は三つ玉、四つ玉と数を増やしていく茜の「ジャグリング」技に夢中になって、見つめている。

「遥也君もやってみる？」

「うん！」

遥也は目を輝かせた。

「よく教えてもらってマスターしたら、学校で自慢できるぞ」

友川も励ますように声を掛けた。

「早生まれで身体が小さいんで、スポーツではなかなか活躍できなくて、いつも口惜しい思いをしてるみたいで」

友川は七に向き直ると、声を落として言った。

「何月生まれですか？」

「三月十二日」

「四月生まれの子と比べたら、ほとんど一年下ですもんね」

「まあ、僕もスポーツは得意じゃないから、そのせいかも知れないけど」

七は友川のために、インスタントではないコーヒーを淹れながら、思い切って尋ねた。

「あのう、前から気になってたんですけど、お訊きしてよろしいですか？」

友川は訝しげに眉を上げた。

「先生はどうして刑事事件を専門に扱っていらっしゃるんですか？　うちの事務所の先生方は、ほとんど企業法務が専門なのに」

友川は事務所の中では異色の弁護士だった。その活動が所内で認められているのは、かつて社会的に大きな問題になった詐欺商法の糾明と被害者の救済に活躍し、マスコミに注目されたことがあるからだ。「社会正義のために戦う弁護士」が在籍しているということは、事務所のイメージ向上に有益だった。言い換えれば、安藤・丸山法律事務所は金儲けにだけ走っているわけじゃないと、世間に喧伝できる。

しかし、そのために友川は他の弁護士に比べて、仕事はきつく収入は少ないという、損な立場に立ち続けている。

「……やっぱり、自分の経験かな」

友川は深淵（しんえん）を覗き込むような眼になった。

「うちの父は業務用の電気機器を扱う工具店を経営していたんだ。従業員二十人程度の店だったけど、子供の頃の記憶では、それなりに裕福な生活をしていたと思う。それが、小学校二年のとき……」

友川の父は取り込み詐欺に遭った。

犯人グループは休眠会社の名義を利用し、最初は三十万円程度の金額で発電機を購入した。期日より前に入金されたこと、会社に案内され、しっかりした経営状態であると信じ込まされたことで、友川の父はすっかり信用してしまった。翌年、数千万円単位の業務用掃除機を発注され、それに応じて機械を納品した。ところが……。

「期日を過ぎても入金がないので、父は相手の会社に連絡したが、応答がない。あわてて駆けつけてみると、会社はすでにもぬけの殻だった」

「まあ……」

「典型的な取り込み詐欺の手口にやられたわけだ」

手形が落ちず、仕入れた機械の代金が支払えなくなり、店は倒産した。従業員は給料未払いのまま職を失い、債権者が家に押し寄せた。

「……それで、悩んだ挙句に父は自殺した」

七は言葉を失った。まさかこんな深刻な話になるとは思っていなかった。

「二十年以上前から契約していた生命保険だったから、自殺でも保険金が支払われた。遺書には家と土地を売った代金と保険金で、従業員の給料を支払って債務を清算してほしいと書いてあった。母は父の遺言を守って、その通りにした。親戚は両親を非難したよ。父は弱虫で、母は愚かだと。でも、僕は父も母も立派だったと思う。二人ともキチンと筋を通した。ただ、それからの母の苦労は見ていて辛かったけど」

七が涙ぐんでいるのに気が付いて、友川は狼狽えた。

「ごめん。こんな話されたって、迷惑だよね。なんだか栗田さんの家にいると、つい気が緩んじゃって……」

七は大きく首を振った。

「いいえ。こんな大切なことを打ち明けてくださって、嬉しいです。ありがとうございました」

あふれそうになった涙を無理矢理引っ込めて、七は無理に明るい声を出した。

「でも、今のお話でよく分かりました。先生は、ご自身と同じような辛い目に遭った人を、見過ごすことが出来なかったんですね。それで今のようなお仕事を選ばれたんですね」

友川は照れ臭そうに笑みを浮かべた。

「それだけじゃない。僕に企業法務の仕事は向いてないいんだ。自分でそれが分かってるから、刑事事件に専心したんだよ」

友川は国立大学の法学部に入学したが、成績優秀のため奨学金を給付され、授業料免除で卒業できた。

「あれは本当にありがたかった。もし貸与型の奨学金を受けていたら、卒業した時点で、かなりの借金を背負い込む。そうなったら返済に追われて、仕事を選ぶなんて出来なかったよ母に学費の苦労を掛けずに済んで、本当に良かった」

「あのう、今、お母様は?」

友川はわずかに目を伏せて視線をそらした。

「亡くなった。僕が司法試験に合格した年に」

七はまたしても言葉を失った。

「せめてあと十年長生きしてほしかったと思うよ。もっと楽をさせてやりたかったし、遥也の顔も見せてやりたかった」

友川はテーブル越しに、遥也にお手玉を教えている茜の方を見た。茜に自分の母を重ね合わせているのだろうか。

と、茜が手を止めて、友川を見返した。

「私が先生のお母様なら、とても幸せですよ。そうやって、今でも息子が自分のことを想ってくれて」

友川は虚をつかれたような顔になった。

「死んだ人間にとって一番幸せなことは、自分の愛した人が、自分のことを忘れずにいてくれることなんです。この世に自分を想ってくれる人がいる限り、その人の肉体は消えても、魂はこの世に留まっています。そして、愛する人が幸せでいるように、じっと見守っているんですよ」

友川はわずかに目を潤ませた。

「……そう、思われますか？」

「はい。私は母親で、多分、先生のお母様より年を取っていますからね。お母様のお気持ちが分かるんです」

「ありがとうございます」

友川は茜に向かって頭を下げた。顔を上げたときは、胸のつかえが取れたような顔をしていた。

辛い過去を打ち明けてくれたことで、七は友川との距離がぐんと縮まったように感じた。そして、自分の気持ちをハッキリと自覚した。友川に男性として惹かれている、友川とあたたかな家庭を築きたいと望んでいる、と。

法律事務所に何年か勤めた経験則でしかないが、弁護士が一介の事務員と結婚したことはなかった。しかし、友川なら、そんなことで人を判断しない、と七は思ったのだ。

友川は遥也を連れて、月に二回は栗田家で夕食を共にするようになった。回を重ねるごとに遥也は茜と七に馴染み、時には甘えるようになった。友川も七と茜に対して、かなり気安くなったように思われた。

七は遥也を年の離れた弟のように思っていた。友川と結婚しても、今の気持ちのままで、三人で仲良く暮らしていけるだろう。その情景を想像すると、幸せな気分で心が満たされるのだった。

そして、二〇〇二年も押し詰まった十二月二十二日、翌日は天皇誕生日で祝日となる日曜の夜、友川は珍しく一人で栗田家を訪れ、「すぐに失礼します」と断って、茜と七にプレゼントを差し出した。

「ちょっと早いクリスマスプレゼントです。お礼も込めまして」

茜にはブランド物のスカーフ、七には万年筆だった。

「実は、この度、再婚することに決めました」

七は息を呑み、そのまま呼吸が止まりそうになった。

「前から所長に勧められて交際はしていたのですが、僕はどうも結婚に気が進まなくて……。でも、栗田さんの家で温かいおもてなしを受けるうちに、徐々に遥也も明るくなりました。それで、気が付いたんです。遥也には母親が、母親のいる家庭が必要だと」

それからの友川の言葉は、七の耳を素通りしていった。

友川が帰ると、茜はそっと七の肩に手を置いた。

「ママはね、本当は友川先生と七ちゃんが結婚すればいいのにって、そう思ってたのよ」

茜のぬくもりが皮膚を通してじんわり胸に染み込んでくるようで、七は素直に涙を流した。

友川遥真が再婚するというニュースは、わざわざ発表されたわけではないのに、年内には安藤・丸山法律事務所の中でみんなに知られるようになった。友川が仲のいい弁護士に「おめでとう」と祝福される場面が続き、みんなそれとなく察したのだ。

仕事納めの前日、七は昼休みに横井都といつものベーグルの店に出掛けた。

「友川先生、再婚なさるんですね」

七はコーヒーをスプーンでかき混ぜながら、つとめてさりげない口調で言ってみた。

「うん。丸山所長の大学の後輩の娘さんだって」

ベテラン事務員の都は、事務所内一の情報通だ。

「一昨年だったか、その方が何かで暴力団の幹部に因縁つけられて、丸山所長に相談したんですって。で、所長は友川先生を紹介したわけ。そしたら見事に撃退して解決してくれたんで、すっかり友川先生に惚(ほ)れ込んじゃって、うちの娘をもらってくれないかって話になったみたいよ」

「……時代劇みたいですね」

コーヒーを口に含むと、舌の上にいつもとは違う苦さが広がった。本当は友川の結婚相手のことなど知らない方がいいのに、どうしても訊かずにはいられない。友川が妻に選んだ人は、どんな女性なのか。

「まさに、それよ」

七の胸のうちなど知るはずもなく、都はスモークサーモンとクリームチーズのベーグルサンドにかぶりついた。

「丸山所長に聞いたんだけど、そのお嬢さん、大学出ていいとこへ嫁に行ったんだって。旧財閥系だったかしら。そしたら、結婚して五年経っても子供が生まれないんで、離婚されちゃったのよ」

「ウソでしょ⁉」

「そう思うでしょ。普通、あり得ないわよねえ。でも、この世には時代錯誤がまかり通る家もあるみたい」

「ひどいわ」

「まったくよ。それで実家に戻ってからも、そのことがショックで男性不信気味だったんだって。でも、友川先生と出会って、お互いに心が通じるところがあったんでしょうね」

七は生ハムとタルタルのベーグルサンドを口に押し込んだ。

口惜しいが話を聞いただけで、友川の選択は間違っていないように思えてしまう。友川も前妻の不倫が原因で離婚していた。互いに配偶者に裏切られた者同士、相通じるものがあったのだろう。

二〇〇二年の十二月二十八日は土曜日にあたるため、仕事納めは前日の金曜日に繰り上がった。

七は午前中で勤務を終えて帰宅した。

「あ、お帰りなさい」

マンションの玄関に入ると、エレベーターから茜が降りてきた。

「ママ、これから田北さんと交替で店に出るから」

アカナナ洋菓子店も明日から年末年始の休みだった。店員の田北その子は午前中で上がることになっている。年末は誰もが忙しい。

「ママ、お昼は？」

「食べた。七ちゃんには、おにぎり作っておいたからね」

「ありがと。私も後から行くね」

互いに軽く手を振って別れ、七はエレベーターに乗り込んだ。

その日は久しぶりに、母娘で並んで店に立った。近所の人や常連のお客さんが、年内最後のケーキを買いに来店してくれて、店はお客の切れ目がなかった。

午後三時を回ったとき、珍しい顔が店を訪れた。

「あら、健ちゃん」

ほぼ一年ぶりで顔を合わせる、西脇健人だった。今年の夏は盲腸で救急搬送されたものの、術後の経過も良く、無事に回復したとは、父親の西脇卓人から聞いている。

「久しぶり。おばさん、いつもご贔屓（ひいき）に」

健人は軽く頭を下げた。茜はケーキの材料はすべてスーパーウエストで仕入れているので、実家にとって大のお得意様だ。

「早いね。今日、仕事納め？」

「まあね」

久しぶりに会った健人は、〝週刊誌の記者〟という雰囲気が身についていた。実際には編集者なのだが…。

「ええと、一個ずつ全部。プリンはなしで」

健人はショーケースをざっと見て注文した。健人は特に甘い物が好きというわけではなかったので、七は取材相手への手土産だろうと見当をつけた。

「ありがとうございました」

七はケーキを箱に詰めて包装すると、ショーケースの脇から出て、一緒に店の外に出た。

「忙しいんでしょ」

健人が配属されたのは『週刊時代』という、スクープ記事を連発している週刊誌の編集部だった。

「俺は特集班じゃないから、それほどでも。ところで……」

健人は心なしか声を潜めた。

「広尾の病院の方には、たまに顔出したりしてる?」

「まさか！　行くわけないでしょ」

七の口調が刺々しくなった。父の関口敏彦は広尾で総合病院を経営しているが、病院の戦力になる女医と不倫関係に陥り、邪魔になった茜と離婚したのだ。七にはった。

敏彦も、祖母のはつ子も、叔母のみつ子も、みんな茜を傷つけた敵としか思えなかった。

「……そうか」

「どうしたのよ、急に」

健人が関口総合病院にどんな関心があるのか、見当もつかない。

「経営難でつぶれそうになってるとか？」

「いやいや、全然。知り合いの看護師さんが転職先探してるんで、ちょっと聞いてみただけ」

健人は「じゃ」と会釈して、駅の構内に入っていった。

七が店に戻ると、茜が親子連れの応対をしていた。振り向かなくても、背中を見ただけで分かった。友川と息子の遥也、そして遥也を間に挟んで立つ女性は……。

「ああ、七ちゃん、友川先生と奥様が」

茜の奥様という言葉に、女性が控えめに微笑んだ。

「同じ事務所の栗田さん」

友川は七を連れの女性に紹介すると、続けて言った。

「婚約者の及川史代さんです」

「この度は、おめでとうございます」

七があわてて頭を下げると、史代も丁寧にお辞儀をした。

「どうも、初めまして。事務所では友川さんがお世話になっております。ここのケーキが美味しいって何度も聞いていて、今日はとても楽しみにして参りました」

史代は友川と同じくらいの年齢に見えた。派手さはないが上品に整った顔立ちで、態度物腰からも優しく穏やかな性格がうかがわれた。遥也もすっかり懐いているようだ。

「お近くにいらしたときは、どうぞお立ち寄りください」

茜と七に見送られて、近い将来、家族になる三人は、仲良く店を後にした。

茜は七の顔を見て、小さく溜息をついた。

「ママは七ちゃんと友川先生が結婚すればいいと思ってたけど、間違いだったわ」

「あの人の方がお似合いだもんね」

七は嫉妬が混じらないように注意して答えた。

「友川先生とあの人、誰が見ても夫婦に見えるし、遥也くんを入れれば立派に親子だもん」

「そういうことじゃないの」

茜は自らを戒めるように首を振った。

「ママは七ちゃんが結婚したら、やっぱり孫の顔が見たくなる。でも、孫が出来たら、もちろん遥也くんも可愛がるけど、七ちゃんが出産した子の方を、どうしたって可愛がってしまうと思う。そうなると、遥也くんは悲しいし、七ちゃんを苦しめることにもなる。遥也くんのためにも、七ちゃん自身のためにも、別の人を見つけてほしいと思ったの」

茜の言葉はストンと七の腑に落ちた。きれいごとなら何とでも言えるが、茜は母親として本音を漏らしてくれた。その言葉には重みがあった。

「ママ、私、もう大丈夫だから。友川先生のことは好きだったけど、諦める。しょうがないもん」

茜は包み込むような表情で頷いた。

七は不意に、茜と史代は顔立ちは似ていないが、その優しく穏やかな雰囲気が同じだと気が付いた。するとなぜか、胸に残っていたわだかまりが消えていくような気がするのだった。

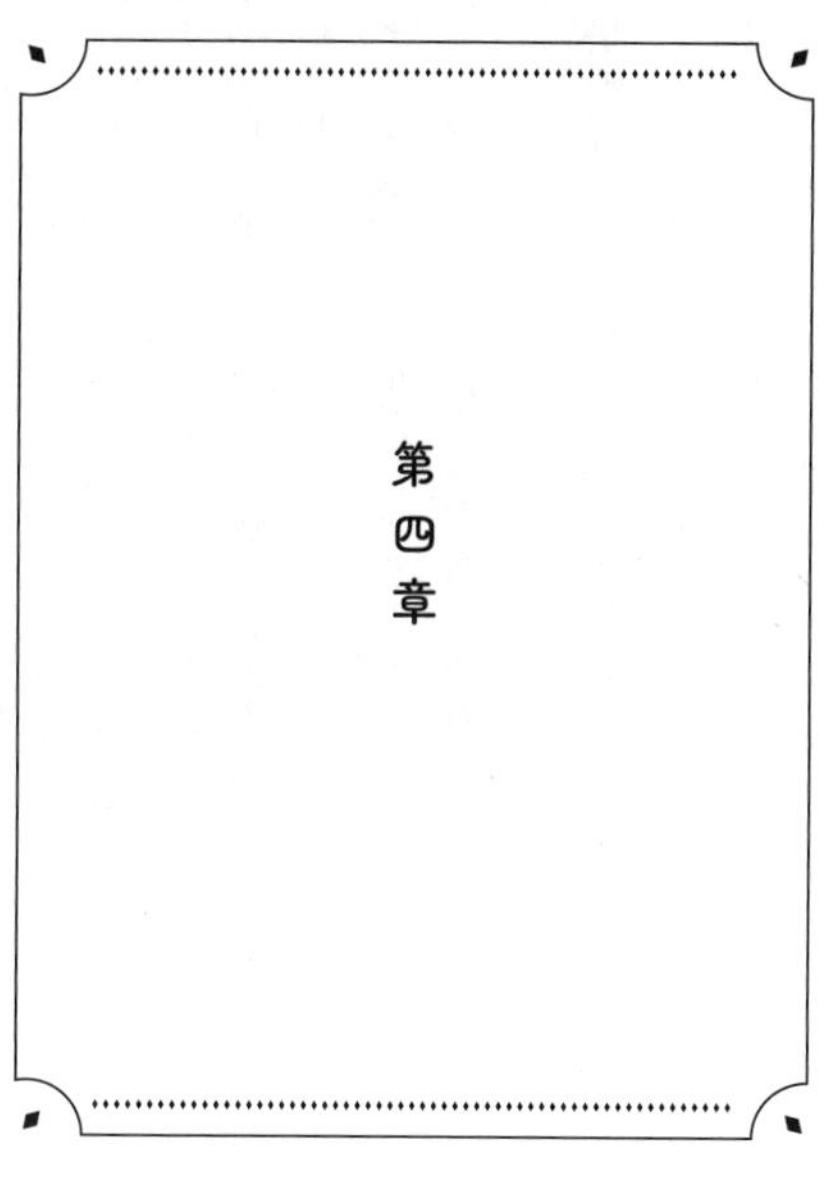

第四章

「七、明日、映画行かないか？　奢るよ」

仕事納めの翌日、翌日、夜になって健人から携帯に電話がかかってきた。

「どうしたの、急に？」

「ロードショーのチケット二枚もらったんだよ。『ギャング・オブ・ニューヨーク』。レオ様の主演だぞ」

「別に興味ないから。でも、行く。健ちゃんが奢ってくれるなんて珍しいもん」

「でも、飯は割り勘な」

「相変わらずセコイ奴。で、何時にどこ？」

ジャブのように軽口の応酬をすると、気分が上向いてゆく。七は電話を切って茜を振り向いた。

「ママ、明日映画行ってくるね。珍しく健ちゃんがロードショー奢ってくれるっていうから」

「そう。久しぶりにゆっくりしていらっしゃいね」

それから思い出したように付け加えた。

「そう言えば健ちゃん、もう決まった人はいるのかしら？」

「え？　だれ？」

「恋人よ。決まってるじゃない」

「いないんじゃない。ま、私が知らないだけかも知れないけど」

ミステリー文学研究会の友人から聞いた話では、大学時代に付き合っていた相手とは、就職して別れたらしい。そして卒業してからは頻繁に会っているわけではないから、現状は知らない。

「ママ、急にどうしたの？」

「健ちゃんだってもう立派に適齢期でしょ。タックンが心配してるのよ。いつまでもフラフラしてるって」

「心配しなくたって、そのうちだれか見つかるわよ。健ちゃん、まだ三十にもなってないじゃない」

「夕飯にはまだ早いから、コーヒーでも飲もうか」

次の日の夕方、日比谷の映画館を出ると健人が言った。

健人は七を〝アカシヤ珈琲店〟という木製の看板を掲げた喫茶店に連れて行った。広い店内には二階席に通じる階段があった。直線ではなく、らせん状に優雅にカーブを描き、木製の手すりには彫刻が施されていた。七の大好きな〝ルナール〟

にも一脈通じる、昭和モダンの雰囲気が濃厚に漂っている。

注文したコーヒーは一人分ずつサイフォンで淹れているらしい。ウエイトレスが二つのフラスコを運んできて、テーブルでカップに注いだ。メニューに載っていたコーヒーがすべて千円以上したのも、これなら納得だった。

「ここ、良いお店ね」

七は店内を見回しながら言った。

「最近、増えてきた。銀座にも三店舗くらいあるんじゃないかな」

「チェーン店なの？」

「うん。上野にもあった」

アカシヤ珈琲店は最近登場した喫茶チェーン店で、都内を中心に三十店舗ほど出店している。お手頃なチェーン店とは異なり、高級な値段と雰囲気を売りにしていた。

健人の説明を聞きながら、七は改めてメニューを開いた。デザートの欄には、コーヒーゼリー、プリン、三種類のショートケーキが載っている。

「ケーキ、食いたいの？」

食い入るようにメニューを眺めている七に、健人は呆れた声で尋ねた。

七は黙って首を振ったが、頭の中ではある閃きがパチパチと火花を散らしていた。

「あのさ、七……」

健人がいつもとは違う真剣な顔つきで声を掛けたのだが、七は自分の考えに夢中で、ほとんど聞いていなかった。健人が諦めたように溜息をついたことにも、まったく気づかなかった。

翌日の午後、七は一人で再び日比谷のアカシヤ珈琲店を訪れた。昨日と同じブレンドを注文すると、レジに行き、女性の従業員に一礼してから名刺を差し出した。

「突然失礼します。私、こういう者です。店長さんにお目に掛かれないでしょうか？」

名刺は〝アカナナ洋菓子店〟をオープンした記念に作ったもので「アカナナ洋菓子店　副社長　栗田七」と記してある。七が生まれて初めて持った名刺だ。

「少々お待ちくださいませ」

従業員は一度奥に引っ込み、三分ほどで戻ってきた。

「店長がお目に掛かりますが、客席に伺った方がよろしいですか？　それとも事務室へお越しいただけますか？」

「ご迷惑でなければ、事務室の方へお願いします」

「では、ご案内いたします」

従業員はレジカウンターから出ると、先に立って歩き始めた。七は案内されるまま、階段を三階まで上がり、レジ脇の部屋に案内された。小さくて殺風景な部屋で、奥に書類キャビネットとデスク、その前にくたびれた応接セットが置いてあった。

「どうぞ。しばらくお待ちください」

従業員は応接セットのソファを指し示し、部屋を出て行った。
二、三分してからドアが開いた。
「お待たせしました」

張りのある声が聞こえる直前、七は弾(はじ)かれたようにソファから立ち上がり、深々と頭を下げた。

「お忙しいところ、申し訳ありません！」

「いいえ。ま、どうぞ、お掛けください」

腰を下ろすと、向かいに座ったのはまだ若い男性だった。三十をいくつか出たばかりだろう。知的で嫌みのない容貌をしていた。

「申し遅れました。店長の能勢です」

差し出された名刺には「香和コーポレーション取締役常務　アカシヤ珈琲店銀座店店長　能勢燿大」とあった。

後に知ったことだが、燿大は創業者の孫で、父が社長、兄が専務を務めていた。

「アカナナ洋菓子店さんと仰ると？」

燿大は七の持参した名刺を見直した。

「本日お伺いしたのは、うちのパウンドケーキをお宅様の店舗に置いていただきたく、お願いに上がりました」

七は傍らの紙袋から、バナナケーキとダークフルーツケーキの包みを取り出し、テーブルの上に置いた。

「母が作っている二種類のパウンドケーキです。バナナケーキとダークフルーツケーキ。〝バルト〟さん始め、都内の喫茶店五十店舗以上で扱っていただいてます。アカシヤ珈琲店さんのメニューを拝見したら、プリン、ゼリー、ショートケーキはありましたが、パウンドケーキはありませんでした。パウンドケーキは紅茶やコーヒーには付き物のお茶請けです」

七は二本のパウンドケーキの包みを、燿大の方に押しやった。

「ご試食していただけないでしょうか？　もし味が悪いというなら諦めます」

燿大は七からパウンドケーキの包みに視線を落とし、もう一度目を上げてから、七を見た。

「もしかして、お宅は六角丈太郎(ろっかくじょうたろう)先生のエッセイに出ていた、あのパウンドケーキの方？」

「はい！　そうです！」

七は嬉しさのあまり、一オクターブ高い声を出した。

燿大は思慮(しりょ)深げにじっとパウンドケーキの包みを眺めた。

「六角先生がお気に入りのパウンドケーキなら、味は保証付きと考えて良いでしょうね。あとは、うちのコーヒーとの相性です。コーヒーの味を邪魔するようでは困るので……」

燿大は七に視線を戻した。

「この件は、検討させていただきます。本部でも、何か新しいケーキをメニューに入れるべきではないかという意見が出ていますから」

七がすがるような眼で見たので、燿大は苦笑を浮かべた。

「あくまで検討です。確約ではありませんから、ご承知おきください」

「はい！　ありがとうございます！」

七はもう一度、バネ仕掛けの人形のように立ち上がり、九十度の最敬礼をした。

年が明け、二〇〇三年となった。

この年の一月四日は土曜日で、仕事始めは六日の月曜日にずれ込んだ。前年の仕事納めは一日繰り上がったので、サラリーマンや公務員は冬休みが三日増えたことになる。

例年通り午前中で仕事は終わり、七は法律事務所を後にした。帰宅する道すがら、二年前の仕事始めの日を思い出した。あの日を境に、茜の境遇は大きく変わってしまった。そして今、七も大きな変化を選ぼうとしていた。

「ただいま」

帰宅すると、茜はまだ店から戻っていなかった。厨房(ちゅうぼう)でケーキを焼いているのだろう。今日からまた、いつも通りの忙しい日々が始まるのだ。

午後二時過ぎに、茜は帰ってきた。

「ママ、例のベーグルサンド買ってきた。一緒にお昼にしよ」

七はキッチンの椅子に座ったまま、ベーグル店の箱を掲げた。

「待ってなくて良かったのに」

「話したいことがあるの。コーヒーと紅茶、どっちがいい？」

「紅茶にする」

七は席を立ち、カップ二つにティーバッグを入れて電気ポットの湯を注いだ。

茜はハッとしたように、椅子から腰を浮かせた。

「ママ、私、会社辞めようと思う」

「急に、どうしたの？」

「冬休みの間、ずっと考えてたの」

七は冷蔵庫からレモンを取り出し、まな板に載せて薄く二枚輪切りにした。

「ママ、ケーキ作りの助手がもう一人欲しいって言ってたよね。あれ、私じゃダメ？」

七は茜の前にティーカップを置いた。

「それは、友川(ともかわ)先生のことが原因なの？」

「きっかけはね。毎日事務所で顔を合わせてると、どうしても忘れるのに邪魔になる。会わないでいたら一カ月で忘れられるのに、一年も二年もかかりそうで、ちょっと割に合わないなって気がした」

七は三種類のベーグルサンドを包丁で二つに切り、皿に並べてテーブルに置いた。

「でも、本当はもっと前から考えてたんだと思う。私、ママと一緒にケーキを作りたい。ママと一緒に新しいレシピも考えたい。二人で力を合わせて、アカナナ洋菓子店をもっと大きくしたい。事務所で書類作るより、私はママとケーキを作りたい」

一度言葉にして口から出すと、決意はより強固になった。七は自分がもう後戻り出来ないところまで来てしまったのを感じた。

思い返せば法律事務所に勤めてからこの方、仕事に生き甲斐を感じたことなどなかった。企業法務の仕事は完全にビジネスライクな世界で、感情をさし挟む余地はなかった。就職した当初こそ多少高揚(こうよう)していたが、あれは社会人になった喜び故(ゆえ)で、仕事そのものに対する情熱ではなかった。

もし友川のような、被害者救済に努める弁護士が営む法律事務所に勤めていたら、多少は社会正義に目覚めて、自分の仕事にやり甲斐を感じたかも知れないが……。

しかし、もはやすべては終わったのだ。これからの自分の生きる道は、母と共にケーキを作り、アカナナ洋菓子店を発展させること。それしかない。

そのとき、リビングの電話が鳴った。アカナナ洋菓子店の厨房の電話は、茜が引き上げる時、自宅に転送するようにしてある。

七はカルタ取り大会の選手のような素早さで受話器を取った。

「栗田でございます」

「あけましておめでとうございます。アカシヤ珈琲店銀座店の能勢です」

その声を聞いた途端、心臓が一気に膨れ上がる気がした。

「お、おめでとうございます」

自分の賭けが凶と出るか、吉と出るか、あと数秒で明らかになる。

「弊社は御社のパウンドケーキ二種類を、アカシヤ珈琲店全店舗で提供させていただくことにいたしました」

七は思わず叫びそうになり、必死に自分を抑えつけた。

「詳細につきましては、またお目に掛かって相談させてください」

「はい。ありがとうございます」

「これからどうぞよろしくお願いします」

受話器の向こうで、燿大が微笑んでいるのがなんとなく分かった。

「お母様にも、よろしくお伝えください」

七は見えない相手に何度も頭を下げて、受話器を置いた。

「七ちゃん、どなた？」

茜は訝しげに眉をひそめている。

「ママ、ビッグニュース！」

七は茜に飛びついて、早口で経緯を話した。茜は事前に何も聞かされていなかったので、キツネにつままれたような顔をしている。

「どうして言ってくれなかったの？」

「がっかりさせたくなかったの。正直、私だってまさか、アカシヤ珈琲店がそう簡単に取引してくれるとは思えなかったし」

またとない飛躍のチャンスがやって来た。七は高揚感で舞い上がりそうだった。

「でも、ママ、私は賭けに勝った。事務所を辞めるのは間違ってない。辞めるって決めた途端に、こんな大きな契約が舞い込んだんだもの。幸先良いことこの上ないわ。そう思わない？」

茜は大きく頷いた。

「そうね。七ちゃんの目指す道は、いつも正しかった。羅針盤みたいね」

二人は微笑みを交わし、互いの手をしっかりと握り合った。

七は二〇〇三年の年度末で安藤・丸山法律事務所を退職した。有給休暇が残っていたので、事務所に出勤するのは三月十四日の金曜日が最後になった。

その夜は同僚の事務職員たちが、事務所の近くのビストロで送別会を開いてくれた。給料も待遇もいい職場なので、事務職員は男性はもちろん、女性も結婚・出産を経て定年まで勤める人がほとんどで、七のように途中退職する例は珍しかった。

「栗田さんはお母さんとお店をやっていくんだから、いわば起業退職よね」

横井都が言った。

「そんな大袈裟なもんじゃないですよ。小さな店ですから」

「あら、一国一城の主になるんじゃないの。立派なもんだわ」

都の言葉に、同僚の女性たちも頷いた。

「そうよ。やりたい仕事のために独立するなんて、カッコいいわ」

「これが玉の輿に乗って寿退社っていうんじゃ、ちょっとねたましい気もするけど、栗田さんの場合は、素直に応援できるわ。頑張ってね」

「今度、ケーキ買いに行くわ」

「ありがとうございます。実は、来月からアカシヤ珈琲店にバナナケーキとダークフルーツケーキを卸すことになったんです。アカシヤに行ったら、コーヒーのお供に注文してみてください」

「すごい！　アカシヤで栗田さんのお店のケーキが食べられるなんて」

都が興奮して声を高くした。

送別会の最後に、七は立ち上がって挨拶した。

「みなさん、今まで本当にお世話になりました。これからはケーキ作りに精進します。どうぞ、末永くアカナナ洋菓子店のケーキを、可愛がってやってください」

安藤・丸山法律事務所で働いてい日々を思い返せば、イヤな想い出は一つもない。むしろ、就職氷河期に拾ってくれて、恵まれた環境で信頼出来る人々に囲まれて過ごしてきた。今はただ感謝でいっぱいだった。

大きな花束を贈られ、温かな拍手に包まれて、送別会は終了した。

送別会の翌日、七はケーキ作りの作業に加わった。朝九時にアカナナ洋菓子店の厨房に入り、茜と前野里美の三人で主力の二種類のパウンドケーキの他、ブラウニー、プリン、ババロアなど、店売り用の洋菓子作りに励んだ。

十時に田北その子が出勤し、店を開けた。開店して少しすると、ちらほらとお客さんが訪れる。最近は近所の人だけでなく、評判を聞きつけて遠方から買いに来てくれるお客さんも増えた。

十二時になると里美は勤務を終えて帰宅し、その子は一時間の休憩に入った。その間は茜と七がケーキ作りを続けながら店番をする。

午後一時にその子が休憩を終えて店に戻ると、今度は茜と七が休憩に入る。

その日は一緒にマンションに帰って昼食をとった。昼食は帰りがけに商店街の総菜店で買った日替わり弁当だった。商店街は持ちつ持たれつの付き合いも大切だ。

「明日は〝ウエスト〟でサンドイッチでも買おうかしら」

インスタントの味噌汁にポットの湯を注ぎながら、茜が言った。

「うん。それにしても、職住近接って便利ね。通勤時間考えなくていいんだもん」

マンションから店まで徒歩五分の距離だ。八時までゆっくり寝ていられる。

「それと、配送のことだけど、これまでのお店は植村さんに任せるとして、アカシヤとご新規の契約店は、私が担当するわ」

植村富之(とみゆき)は豆腐店の主人で、仕込みが終わって手の空く午後から、アカナナ洋菓子店の卸(おろし)売り契約をしている都内の店舗に、ケーキを届けてくれている。しかし今の店数が限界で、これ以上の店舗を回る余裕はなかった。ケーキ作りの一段落した午後からなら、七が配送に回れる。

「大丈夫？」

「当たり前じゃない。植村さんの前は、私がやってたんだから」

七は筑前煮(ちくぜんに)とご飯を口に入れた。砂糖と醤油の利(き)きすぎた味付けで、出汁(だし)の利いた茜の筑前煮の方がずっと美味(おい)しいが、贅沢は言えない。茜はケーキ作りで忙しいのだ。家事で時間をとらせたくはない。

「ただ、車はミニバンに買い替える。アカシヤの配送が始まったら、今の車じゃ無理だし、これから新しい店も増えるし」

「……これ以上、手を広げて大丈夫かしら」

茜は珍しく、少し気弱な口調になった。

「ママの目が届く範囲なら大丈夫よ。機械化してオートメーションってなったら、ヤバいけどね」

「そうね。そうよね」

今度は安心したように明るい声になる。今や立派に一国一城の主となった茜が、そんな頼りなさを持っているのが、七は不思議だった。しかし同時に、たまらなく愛おしかった。

「……七ちゃん」

翌朝、郵便受けから朝刊を取って戻ってきた茜が、テーブルに置いて紙面を開いた途端、声を震わせた。

「何？」

茜は二面の下の方に載った『週刊時代』の広告を指さした。

「三年間に八人が死亡　疑惑の腹腔鏡手術　私立関口総合病院の闇」

見出しが目に飛び込んだ瞬間、七は思わず息を呑んだ。

「どういうこと？」

しかし、茜もまるで見当がつかない様子で、ただ恐ろしそうに紙面を見つめている。

七はマンションを飛び出し、近所のコンビニへ走った。雑誌コーナーで『週刊時代』を引っつかみ、レジでお金を払うと、その場でページを繰った。記事の内容は、ざっと次のようなものだった。

「三年前、Ｋ大医学部から私立関口総合病院へ迎えられた消化器外科のＩ医師は、腹腔鏡による肝臓切除手術を行なったが、これまで八人の患者が三カ月以内に死亡した。腹腔鏡による肝臓切除手術には高い技術が要求されるため、執刀医は限られている。術後三カ月以内の死亡は手術ミスが疑われるが、患者の遺族は病院側から何ら説明を受けていない」

七は雑誌を抱えてマンションに戻り、ページを開いて茜に渡した。茜も息を詰めて記事を目で追った。途中で手が震え、読み終えると顔が青ざめていた。

「ママ、なんか、心当たりある？」

「このＩ医師、多分、啓北大(けいほくだい)から来た石田(いしだ)先生だと思う。消化器外科の専門医で、お祖母(ばあ)ちゃんが三顧(さんこ)の礼で迎えた人よ」

関口家の男子は、敏彦(としひこ)の祖父の代から啓北大医学部を卒業している。その縁で、常勤の医師はほとんどが啓北大の医局出身者だった。

「最先端の技術で難しい手術を成功させた名医だって、パパも言ってた。これからうちの病院も先端技術に力を入れて、患者さんを増やすんだって張り切ってたのに」

七は壁の時計を見上げた。そろそろ八時半になる。

「ママ、朝ご飯食べて出掛けよ」

茜は首を振った。

「食欲ない」

「じゃ、コーヒーだけでも飲みなよ。食べないと力出ないよ」

七は牛乳を多めに入れたコーヒーを二人分作ると、食パンを焼かずにかじり、コーヒーで飲み下した。と、なんの脈絡もなく、健人の顔が思い浮かんだ。

去年の暮れに突然店を訪れて、関口総合病院に顔を出しているかと訊いた。『週刊時代』の編集部は、あの頃から取材を始めていたのだろうか。そして今回の報道には、健人も関わっているのだろうか。

そこまで考えて終わりにした。もはや七も茜も関口家とは関わり合いがない。心配したところで、出来ることは何もないのだ。


翌週、『週刊時代』に続報が載った。

「I医師は腹腔鏡手術だけでなく、開腹手術においても、百二十例の手術を執刀後、十人の患者が三カ月以内に亡くなっている。全国平均を遥かに上回る致死率は、もはや過失の域を超えている。殺しのライセンスを持つ医師と言っても過言ではない」

前回の記事以上に激烈な文言だった。

そして、そのニュースはテレビでも取り上げられるようになった。事件報道にテレビが参入すると、取材合戦が過熱する。「殺人ライセンス医師」事件も、連日ワイドショーを賑わすこととなり、関口総合病院の前にはテレビカメラや取材レポーターが詰めかけた。

「それにしても、病院側の対応も理解できません。どうして死人を出すほどの重大なミスを繰り返す医師に、ずっと手術を担当させたんでしょう?」

朝食の席でBGM代わりにつけておいたテレビから、ワイドショーのコメンテーターの意見が流れた。茜は黙ってリモコンを取り、NHKに切り替えた。

七は茜の気持ちがよく分かった。別れたとはいえ、かつての夫が世間から悪し様に言われるのを聞きたくないのだ。

「でも、どうしてパパは気が付かなかったのかしら。その石田先生って人、三年で十八人も死なせてるのだとしたら」

「経営の方に頭が行ってたのかしらね。それとも……お祖母ちゃんが連れてきた先生だから、遠慮があったのかも知れない」

ありそうな話だと、七も納得した。父は祖母に頭が上がらなかった。それが子供の頃から習い性になっていて、いざというときでも決断にブレーキがかかってしまったのだろう。

「情けないよね。人の命がかかってるのに」

「ママ、思うんだけどね。医者って、ある意味、人の死に鈍感になってるのかも知れない。日々、亡くなる患者さんに接しているわけだし。どこかで線を引かないと、仕事を続けられないでしょ」

逆説的だが、一理ある見解だった。医者と結婚し、医者の親族と間近に接してきたからこそ、茜には分かるのかも知れない。

だが、あまりにも多くの犠牲者が出たことに、茜が心を痛めているのは明らかだった。事件について触れている新聞や雑誌、テレビを避けるようになった。かつて自分も関わりのあった病院が、こんな惨事を引き起こしたことが耐えられないのだ。

それは七も同様だった。離婚したとはいえ、父は父だ。その父の経営する病院が取り返しのつかないことをしたと思うと、どうしても後ろめたい気持ちになる。そして、自分にこんな思いをさせる父に対して、恨みがましい気持ちが湧いてしまう。

「ああ、負のスパイラル。どっかで切らないとだめだね」

七は自分に言い聞かせるように独り言ちた。

茜と七が店番をしている昼時、一人の女性が店の前に立った。

「奥さん、七さん、お久しぶりです」

「江本さん！　お久しぶり！」

関口総合病院で外科の看護師をしている江本渚だった。離婚してから会うのは初めてだ。

「すみません、手ぶらで来ました。ケーキ屋さんにお菓子を持って行くのもなんなんで」

「何言ってるのよ。よく来てくれたわ」

茜は病院の経営には口を出さなかったが、勤務している看護師や事務員たちにこまめに差し入れしたりして、気を配っていた。そしてそれぞれの人となりも、ある程度把握していた。

渚は何か話したいことがある感じだった。それでなければ、わざわざ訪ねてこないだろう。

「七ちゃん、ママは江本さんとルナールに行ってくるから、店番、お願いね」

「はい。行ってらっしゃい」

茜はショーケースの横から外に出ると、渚を促(うなが)して歩いて行った。

二人はルナールに入り、奥まった席で向かい合った。マスターの有二(ゆうじ)がコーヒーを運んできて去ると、渚は居住まいを正して口を開いた。

「奥さん、石田先生のこと、週刊誌に持ち込んだのは、私なんです」

茜はさして驚かなかった。今日、渚の顔を見たときから、予感のようなものがあったからだ。

「石田先生は消化器外科の名医で、腹腔鏡手術の第一人者だという触れ込みでうちへやって来ました。でも、最初の手術でチームに入ったとき、すぐにおかしいと思いました。手際が悪くて……チラッとモニターを覗き見たら、患部は血の海で……この状態で内視鏡の操作が出来るのかと、空恐ろしくなりました」

渚は思い詰めた口調で語った。

「案の定(じょう)、患者さんは合併症を起こして術後二週間で亡くなりました。でも、私は普通の開腹手術を行なっていれば、合併症を起こさずに済んだのではないかと思いました。それから半年のうちに、石田先生は次々と腹腔鏡手術を行ないましたが、そのうち二人の患者さんが術後三カ月以内に亡くなってるんです。これはもう、手術ミスとしか考えられません」

渚は手術室看護師（オペナース）だった。医療チームの一員として手術を担当するため、知識と経験を要求され、新人では務まらない。当然ながら、看護師の仕事に自負と誇りを抱いていた。

「だから私、院長先生に訴えました。石田先生の腹腔鏡手術は中止してほしい、危険だって」

「それで、関口はなんと？」

「……聞いていただけませんでした。それは君の思い込みに過ぎない、石田先生には立派な実績があるって」

渚は無念そうに唇を嚙んだ。

「それからも、石田先生の腹腔鏡手術を受けた患者さんが、何人も亡くなりました。合併症を起こした患者さんたちは、とても苦しんで亡くなるんです。それを見ている遺族の方も、ひどい苦しみを味わいます。私、何人かの遺族の方に『手術に問題はなかったんでしょうか？』って訊かれました。それでもう、これ以上黙っていられなくて……」

「分かるわ」

茜は深く頷いた。それを見て、渚も少し安堵したように表情を和らげた。

「ただ、このことを誰に相談したらいいのか、見当がつきませんでした。弁護士かと思いましたが、知り合いもいないし」

すると、不意に思い出したのが西脇健人だった。昨年の夏、急性虫垂炎で関口総合病院に救急搬送され、入院して手術・治療を受けていた。

「手術の前のやり取りで、『週刊時代』の記者だと聞きました。退院のときに名刺をもらったので、連絡してみようと思い立って」

健人は、すぐに話を聞きに来てくれた。

「それが今から半年くらい前です。西脇さんはそれから一週間も経たないうちに、もう一人の記者さんと、また取材に来てくれました」

その後、『週刊時代』はチームを組んで関係者に取材を始めたらしい。遺族からも、取材を申し込まれたと連絡があった。

「いつ記事が出るのか、ジリジリしながら待っていたら、やっと。半年間、綿密に調査した上での報道だから、間違いはないと思います。石田先生は、ただでは済まないでしょう」

茜は今や「時の人」となった石田のことを考えた。一度しか会ったことがなく、思い出そうとしてもよく覚えていない。

「世間では石田先生は『殺人ドクター』とか言われてるけど、江本さんから見て、そんな異常な人だった？」

渚は小さく首を振った。

「全然、違います。外科のドクターは独断的でとっつきにくい人が多いけど、石田先生は穏やかで人当たりの良い人でした。今考えても、どうしてあんなに犠牲者を出しながら、腹腔鏡手術に執着したのか分からないんです。……もっとも、開腹手術でも患者さんを十人も死なせてるんですよね」

「結局、ものすごく手術が下手なのに、外科医を辞める決心が出来なかった。そして、外科医として名声を得たいという野心を捨てられなかった……ってことなのかしら」

「私もそれが一番近いと思います。少なくとも、一部の週刊誌やテレビが言ってるような、殺人鬼とか、意図的に患者さんを殺したっていうのとは、違うと思います」

茜は頷いてコーヒーカップを取り上げた。隣に置かれたミックスサンドの皿は、二人とも手つかずのままだ。

「ここのサンドイッチ、手作りで美味しいのよ。どうぞ、召し上がって」

勧められて渚は卵サンドをつまんだ。

「私、先週、病院を退職しました」

「ああ、そうなの」

渚は勤続十二年のベテラン看護師だった。しかも技能の高いオペナースだから、引く手あまたで転職先には困らない。しかし、慣れ親しんだ職場を離れるのは、一抹(いちまつ)の寂しさもあるだろう。

「奥さんには良くしていただいたので、東京を離れる前に、一度きちんとお話ししておこうと思ったんです」

茜は野菜サンドの切れ端を水で飲み下した。

「私、江本さんのやったことは正しいと思うわ。これからも犠牲になる患者さんが出ることを考えれば、誰かが止めなくちゃならなかったのよ。本当は、院長の関口が止めるべきだったのに、残念だわ」

「院長、なんとなく功を焦(あせ)っていらっしゃるような感じがしました。前はそんなことなかったんですけど」

渚の言葉に、茜は敏彦との結婚生活を振り返った。結婚当初は次男坊の気楽さからか、結構のんびりしていたように思う。院長だった長男が事故死し、関口総合病院を継いでから、少しずつ変わり始めた。責任感と事業への欲が大きくなった。そして……。

新任の女医と不倫関係となり、四半世紀連れ添った妻と離婚した。思えば、あの頃から敏彦の事業欲は肥大化していたのだ。

今回、実力のない石田医師を新事業の旗頭に据え、看護師の警告を無視して突っ走り、結局は十八人もの犠牲者を出した。有り体に言えば敏彦は石田と抱き合い心中したようなものだ。

ルナールを出て、二人は駅前で別れた。

「それじゃ奥さん、お元気で。七さんにもよろしく」

渚は吹っ切れた顔で改札を入っていった。新天地で新しい生活を始めるのにふさわしい表情だった。

「ママはね、パパも石田先生も『恥をかく勇気』がなかったんだと思うわ」

その夜、茜と七の夕食の話題は、どうしても渚の語った病院の事情になった。

「恥をかく勇気？」

「そう。出来ませんって、恥を忍んで言っちゃえば良かったのよ、パパも石田先生も」

茜は火の通った豚ロースを胡麻ダレに浸した。今夜の夕食は豚しゃぶだ。

「どこかの時点で、自分で分かったはずよ。不器用で手術が上手(うま)く出来ないとか、こんな医者に手術させたら死亡事故が増えるとか。そのときすぐに『出来ません』って言ってれば、こんなことにならなかったはずよ」

茜の声は感情がこもり、熱を帯びていた。

「確かに恥ずかしいわよ。どの面(つら)下げてと思うでしょう。でも、そこで恥をかいていれば、患者さんが十八人も亡くなることはなかったわ」

まるで目の前の七ではなく、遠くにいる敏彦を諭しているようだった。

「人間、小さいことで見栄を張ると、必ず後で、もっと大きな恥をかくことになるのよ。小さな嘘を隠そうとして、どんどん嘘を重ねて大きくして、最後は殺したり殺されたりになる……ワイドショーなんか観てると、そんな事件の多いこと」

「言われてみれば、そうかも知れない」

七は大いに納得した。そして、「恥をかく勇気」という言葉が、胸の奥まで浸透した。


土曜日に、七の携帯に健人から電話があった。

「今夜、時間ある？　メシ、奢るよ」

「いいわよ。何時に、どこ？」

七は一も二もなく了解した。きっと関口総合病院のことで、何か聞きたい話があるのだろう。

待ち合わせたのは新橋にある古い居酒屋だった。夫婦二人でやっている小体(こてい)な店で、年配客が多く、落ち着いた雰囲気だった。

「会社の先輩に連れてきてもらったんだ」

最初に生ビールで乾杯して、健人はこの店との馴れ初め(なそ)を語った。

「おばさん、どうしてる？」

「元気よ。アカシヤ珈琲店の卸売りも順調だし、張り切ってる」

「そうか。良かった」

健人は話を切り出しかねている様子なので、七は自分から言った。

「一昨日、江本渚さんが店に来てくれたわ」

「うん。彼女から電話があった」

「それで、もしかして、記事のこと気にしてるの？」

「……まあ。ずっと病院の取材してたのに、黙ってたから」

「いいわよ、別に。私も母も、もうあっちとは関係ないし。それに何より、手術ミスで患者さんが十八人も亡くなったなんて、社会問題よね。犠牲者がこれ以上増える前に、事実が報道されて良かった」

健人は七の真意を推し量るように、目をじっと見つめてきた。しかし、この言葉は偽りのない本心だった。

「そう言ってくれると気が楽になる。やっぱり七やおばさんに恨まれるのはイヤだし」

健人はホッと小さく溜息を漏らし、ジョッキに残ったビールを飲み干した。二人は揃ってお代わりを注文した。

この店は常連客を相手にしているせいか、つまみは「おまかせ」で出てくる。シメには主人が手打ち蕎麦を打ってくれるが、途中で満腹になったらストップをかけるのもありだという。もちろん、追加注文もＯＫだ。

お通しの次に出されたカブの薄切りとイクラと塩昆布を和えた小鉢は、高級感のある洒落た味だった。カブをただの塩水ではなく、昆布出汁を加えた水に漬けてから絞るのだという。次に出された鯵フライはふっくらして旨味が濃厚で、びっくりするほど美味しかった。

「ここは冷凍ものは使わないんだ。生の鯵をさばいて揚げるとこんなに旨いんだって、最初食べてびっくりしたよ」

健人はいささか自慢げに言ってから、口元を引き締めた。

「ただ、ずっと取材してても、分からないことがある。殺人鬼でもない、一応良識のある医者が、どうしてあんなに大量の死者を出しても、手術を続けていたのか」

「うちの母が、恥をかく勇気がなかったって言ってたわ」

「恥をかく勇気？」

茜の話した内容を伝えると、健人は感心したように頷いた。

「……なるほど。おばさん、すごいな」

「考えてみれば、母は恥を忍んで小さな見栄を手放したんだと思う。院長夫人の立場を捨てたこととか」

健人は腕組みして眉間にシワを寄せた。

「取材してて、つくづく思った。事実はつかめる。でも、事実を生んだ真実はつかみきれない。……週刊誌の限界かも知れないな」

翌週、関口総合病院の経営陣の記者会見がテレビで報道された。院長を中心に理事長、事務長などの経営陣が居並び、記者たちとの質疑応答が繰り返されていた。

七は画面越しに、三年ぶりに父の顔を見た。敏彦は老けていた。頭髪は白髪で埋まり、シワも増えた。憔悴（しょうすい）しているせいだろう、表情に生気がない。この三年で、茜がすっかり若々しくなったのとは対照的だった。

敏彦は記者の質問には明確に回答せず、のらりくらりとはぐらかすような発言が目立った。言質（げんち）をとられないよう気を付けているのだろうが、いかにも感じが悪かった。

それを見ていると、「恥をかく勇気」という茜の言葉が脳裏によみがえった。

パパ、恥を忍んで、ここでちゃんと謝って。そうすれば遺族の方の気持ちも、少しは救われるかも知れないんだから。

画面に向かって心で語りかけながら、父親をなじる気持ちより、哀れむ気持ちが湧いてくるのを、七は不思議に思っていた。

「じゃ、行ってきます」

七が玄関で靴を履いていると、茜がリビングから出てきた。

「行ってらっしゃい。あまり遅くならないでね」

「大丈夫。ちゃんと電車のある時間に帰ってくるから」

四捨五入すれば三十になる娘に何を言ってるのだろうと思ったが、七は出来るだけ優しい口調で答えた。

昨日の夜、西脇健人から「明日、飲まないか？」と電話があった。自分は飲みに出掛けるのに茜は留守番するのだから、ちょっぴり不満なのかも知れない。

仕事もある程度、軌道に乗ったことだし、これからはママと出掛ける機会を増やそう。ママだって仕事ばっかりじゃつまんないわ。学生時代の友達や趣味の仲間と会って、ご飯食べたり、おしゃべりしたり……楽しむ時間を持たないと。

エレベーターの中で、七は幾分、反省の気持ちを込めて考えた。

待ち合わせたのは新橋にある〝ささや〟という居酒屋だ。前に健人に案内されてから、この三月で月に二、三回は二人で来ている。

夫婦二人でやっている小さな店は、年配の常連客が多く、落ち着いた雰囲気だった。お任せで気の利いた料理を出してくれるし、主人夫婦の控えめな接客ぶりも心地良い。

生ビールで乾杯した後、健人が唐突に言った。

「関口先生、離婚したって知ってる？」

七は黙って首を横に振ったが、特に驚きはなかった。

父の関口敏彦は新任の女医と不倫した挙句、四半世紀も連れ添った母と離婚した。父も父だが、妻子があるのを承知で略奪婚した女医にも、関口総合病院をバックに自分のキャリアを上積みしたいという野心があったはずだ。ところが腹腔鏡手術の失敗で大勢の患者を死なせ、関口総合病院の名はスキャンダルにまみれてしまった。その女医にしてみたら、もはや父も病院も、負の遺産でしかなくなったのだろう。

今日はお通しの次に鰺のタタキが出た。普通は生姜とネギと醬油だが、ささやは梅肉とごま油で和えて食べさせる。薬味は生姜、大葉、茗荷だ。これがまた爽やかでとても美味しい。

「日本酒、ください」

健人が声を掛けると、女将さんが冷蔵庫から出した日本酒の瓶を四本、カウンターに並べた。

「左から御湖鶴の純米吟醸、水尾の特別純米、雪の茅舎の純米吟醸、鶴齢の特別純米になります」

健人は七と顔を見合わせてから、女将を見上げた。

「どれが良いの？」

「どれも生のお魚とよく合いますよ」

「そうだなあ。じゃ、左から行くわ。御湖鶴ね」

二人の前に冷やの徳利と猪口が置かれた。まずは乾杯し、互いに一口美酒を含んだ。

「ねえ、健ちゃん、将来お店を継ぐ気はないの？」

「なんだよ、いきなり」

健人はスーパーウエストの経営者・西脇卓人の息子だ。他に年の離れた妹が二人いる。順当にいけば健人が継ぐことになるかと思いきや、大学を卒業すると、小売業とは畑違いの出版社に就職した。

「うちの店の田北さんの娘の莉乃ちゃんがね、高校卒業したら専門学校へ行って、パティシエになるって言うから」

パティシエとは洋菓子作りの職人のことだ。

「まだ若いのに、しっかり将来の目標が決まってて、えらいなと思って」

莉乃はアカナナ洋菓子店でアルバイトをするうちに、いつか自分もオリジナルのケーキを作って、自分の店を持ちたいと思うようになったという。

「私は、特別法律に興味があったわけじゃないけど、就職氷河期に願ってもない勤め先だって理由で、あの法律事務所に飛びついた。でも、結局はケーキ作りと販売の道に進んでる……考えてみれば遠回りよね」

「でも、回り道に使った時間は、七の中では無駄になってないだろ」

健人の言葉で、安藤・丸山法律事務所で経験した出来事、出会った人たちの顔が、頭の中によみがえった。そう、確かに無駄ではなかった。すべての経験が、今の七の血肉となっている。

「そうね。言われてみればその通り。短い間だったけど、私、あそこで働いて良かった」

茜も同じだ、と七は思った。今はケーキ作りを生業としているが、主婦として、病院長夫人として過ごした四半世紀にわたる時間は、茜の心を疲弊させてはいない。むしろ豊かにしているはずだ。

「で、健ちゃん、お店は？」

「無理、無理」

健人は首をすくめ、蝿でも追い払うように片手を振った。

「俺は商売なんか、向いてない。俺が継いだら、せっかく親父が一代で築いた店が、あっという間につぶれちまう」

確かにそうかも知れない。健人に適性があれば、学生時代から店を手伝っただろう。卓人も息子が出版社に就職するのを反対したかも知れない。

「タマかハナのどっちかが継いでくれたらな」

健人の二人の妹は、珠と華という名前だった。健人はいつも「猫じゃあるまいし、もうちょっとなんとかなんなかったのかな」とネタにしていた。

「それより七、これ、読んだ？」

健人は椅子の背もたれに掛けたショルダーバッグから分厚い本を取り出した。桐野夏生著『グロテスク』だった。

「一九九七年の東電ＯＬ殺人事件をモチーフにした小説だよ」

東京電力に勤めるエリート女性社員が渋谷で殺された事件は、殺人よりも被害者が売春を繰り返していた事実の方が注目され、センセーショナルに報道された。七もテレビや雑誌でその一端を垣間見た記憶がある。

「あの事件はマスコミで散々取り上げられたし、詳細なノンフィクション本も出ている。でも、どんなに事細かに事実を書き連ねても、どうして彼女が売春行為を繰り返したか、その一番肝心な謎の答えは、どの本にも書いてなかった。ところが、この作品はフィクションなのに、謎の答えがすんなり腑に落ちるんだ。驚いたよ」

手に取ると、ハードカバーの本はずしりと重かった。

「常々感じていた疑問の答えが、ここにある。どれほど事実を積み重ねても、それだけでは真実にはたどり着けない。的確な想像力で事実を補って初めて、真実の姿は見えてくるんだ」

健人は高揚していた。語る口調は熱っぽく、瞳は嬉々と輝いている。

「ねえ、健ちゃん。もしかして、石田先生の事件を書きたいと思ってるの？」

健人は狼狽気味にジョッキを傾け、ビールにむせてしまった。

「実は、そうなんだ」

健人は気を取り直したように、真面目な顔になった。

「事件じゃなくて、人間を書きたい」

「この事件をモデルにした小説ってこと？」

「いや、そうじゃない。事実じゃなくて、真実に迫る実録を書きたい。そのためには、石田医師という人の内面まで踏み込む必要があると思う。俺が『グロテスク』を『東電ＯＬ殺人事件』の真実を抉り出した作品だと思うのは、人物の内面に迫っているからなんだ。俺はドキュメントで石田医師の真実に迫りたい」

七には健人が「事実を積み重ねた上で想像力で補い、真実の姿を映し出す」作品を書きたいと願っているのが分かった。

「健ちゃん、小説書いてた経験、無駄じゃなかったね」

健人は虚をつかれたような顔で七を見返した。

「要するに、小説では人間の内面を描こうと努力していたわけでしょ。これから書こうとする題材も、絶対に内面に踏み込むことが必要になる。だから小説頑張ってきて、良かったたね」

七が背中を軽く叩くと、健人は照れ臭そうに微笑み返した。

その年も押し詰まった、寒い夜のことだった。

マンションの電話が鳴り、七が出ると、聞き覚えのない男の声が受話器から流れてきた。

「夜分に突然、申し訳ありません。ご無沙汰しております。私、弁護士の鳴海（なるみ）です」

関口家の顧問弁護士だと、やっと思い出した。

「実は……大変申し上げにくいのですが、落ち着いて聞いてください。先ほど、関口先生が事故でお亡くなりになりました」

七はハッとして息を呑み、思わず茜の方を振り返った。茜はテレビを眺めている。

「ええと、交通事故とかですか？」

七は正面に目を戻し、声を潜（ひそ）めた。父の死を母に何と伝えれば良いのだろう。頭の中が真っ白になりそうだった。

「詳しいことは私からは……。お通夜とお葬式は先の話になりますが、お嬢さんはこれから、先生にお会いになりますか？」

「はい」

考える間もなく、反射的に答えていた。

「母も一緒でよろしいですか？」

しばらく間があった。おそらく近くにいる祖母に、意向を尋ねているのだろう。

「お待ちください」

「どうぞ、お二人でいらしてください」

七は通話を終えると茜のそばに行き、肩にそっと手を置いた。

「ママ、今の電話、弁護士の鳴海先生から。パパが事故で亡くなったんだって」

茜はびくっと肩を震わせ、七を振り向いた。目が大きく見開かれている。何か言いたそうに開きかけた口は、そのまま閉じられた。

「これから会いますかって。ママ、一緒に行かない？」

茜の視線は宙をさまよっていたが、正面に戻るとピタリと静止した。

「そうね。一緒に行って、お別れしましょう」

茜は落ち着いた声で答えると、椅子から立ち上がった。

インターホンを押して「栗田です」と告げると、鳴海の声が応えて、玄関のドアが開いた。

「どうも、ご苦労様です。ご遺体は先生の寝室に安置されています」

赤の他人に案内されて勝手知ったる父親の部屋に行くのも、妙な気分だった。それ以上に、およそ三年ぶりに訪れる恵比寿（えびす）の関口家は、七と茜が暮らしていた頃とはどこか違っていた。

妙に冷え冷えとした空気を感じるのは、敏彦の遺体が安置されているからだけではなさそうだった。茜がいつも玄関に飾っていた生け花や、窓辺の一輪挿（ざ）しがなくなっている。茜の心遣いが消えて、事務的で無機質なものだけが残ったのだ。

敏彦の遺体は顔に白い布をかぶせられ、ベッドの上に仰臥（ぎょうが）していた。鳴海が布を外すと、現れた死に顔は安らかだった。しかし、顎（あご）の下の縄の痕（あと）がはっきりと見て取れた。

パパ自殺したの⁉

七と茜は一瞬顔を見合わせたが、口には出さず、両手を合わせて目を閉じた。

「リビングに理事長と事務長がいらっしゃいます」

祖母のはつ子が理事長で、叔母のみつ子が事務長だ。茜と七はリビングに向かった。

二人が入っていくと、リビングに並んで腰を下ろしていたはつ子とみつ子は顔を上げ、目を向けた。二人とも灰汁の強い顔をしていたはずなのに、今は水に晒したように白っぽく霞んでいる。それほど敏彦の死が衝撃的だったのだろう。

七は二人の顔を見て、ずっと心にわだかまっていた恨みや憤りが、洗い流されていくのを感じた。

「この度は急なことで、ご愁傷様でございます」

茜は丁寧に頭を下げた。はつ子もみつ子も無言で礼を返した。

「遠いところを、わざわざありがとう」

みつ子がかすれた声で言った。はつ子はもはや口を利く気力もない様子だった。

「あの事件以来、色々あってね。最近はふさぎ込むことが多くなって……」

みつ子は途中で声を詰まらせた。

後になって、敏彦が心労から鬱の症状を呈していたと聞いた。しかし本人は鬱を自覚しなかったのか、精神科の診療も受けないまま、いたずらに症状を悪化させてしまった。そして……。

茜と七は、年が明けてから行なわれた関口家の通夜と葬式にも出席した。ただし、二人とも自ら希望して、遺族席ではなく親族席に座った。義理を果たしてけじめをつけたが、その代わりこれ以上の関わり合いはなくしていきたかった。

火葬場の煙突から流れる煙を見上げながら、茜はぽつんと呟いた。

「パパ、これでやっと楽になれたのね」

その途端、七の目から涙があふれ出した。うんと幼い頃の思い出が矢継ぎ早によみがえってきた。プールに連れて行って泳ぎを教えてくれた父、父親参観日に来てくれた父、中学校の入学祝いに万年筆を買ってくれた父……。

数え上げれば、父との良い想い出だってたくさんあったのに、離婚騒動以来、まるで仇のように思ってきた。そうしなければ、母と二人で新しい生活を始める妨げになったという理由はあるにせよ、父は随分冷たい娘と思ったことだろう。

だが、もはやすべては終わってしまった。父はこの世から退場した。

これからは、パパの良いことだけ想い出そう……。

七は胸の中で自分に言い聞かせた。

その年の二月に入って間もなく、前野里美が「社長、ちょっとお時間良いですか?」と言い出した。田北その子が〝アカナナ洋菓子店〟の店長なので、里美は茜を「社長」と呼ぶようになった。

「良いわよ。何かしら？」

「あのう、社長、前からタルトを充実させたいって仰ってましたよね」

　里美は持参した数枚の写真を茜に手渡した。

「きれい！　お花畑みたい！」

　よく見れば、それはすべてフルーツタルトだった。まだ切り分ける前のホールの状態なので、トッピングしたフルーツの彩り（いろど）が鮮やかで、迫力さえある。

「目黒にある洋菓子屋さんの写真です。主人がこの前、タルトをお土産（みやげ）に買ってきてくれて、すごく美味しいんで、お店の参考になるかと思って、行ってみたんです。そしたら、これは多分蠟（ろう）細工だと思うんですけど、お店の前に飾ってあって、すごいきれいでした。うちのお店は、タルトは一個ずつ小さいサイズで作ってますけど、ホールで作って店先に並べたら、すごく見栄えがすると思うんです」

　茜は美しいタルトの写真に見入ってしまった。

「トッピングのフルーツは、シロップでコーティングしてありました。この方法なら、カスタードクリームとの相性も良いし、例えばイチゴやメロンやキウイなど、フルーツの新鮮さを生かした飾り付けが出来るんじゃないでしょうか」

　里美の意見を聞くうちに、茜の目も生き生きと輝いてきた。

「そうよね。それに、一種類じゃなくて、例えばイチゴとキウイとか、彩りの良いフルーツを組み合わせたトッピングも出来るわね」

茜は里美の目をしっかりと見返した。

「やってみましょう。アカナナ洋菓子店なりのフルーツタルトを、これから作りましょう」

「はい！」

里美は嬉しそうに返事した。

この時期、茜は敏彦の死にショックを受けて、ややふさぎがちになっていた。里美はそれを心配して、タルトの新商品開発のプランを提案したのだった。

里美の配慮（はいりょ）は大いに功を奏した。

バナナケーキとダークフルーツケーキの独自レシピを考案したときのような情熱で、茜はタルトの新商品開発に取り組んだ。

そして、ケーキ作りに情熱を注いだ時間は、茜に新しい意欲と生き甲斐をもたらしたのだった。

二〇〇四年はアテネオリンピックのあった年だ。

炎天下のアテネから送られてくる画像、それまでの大会史上日本最多となるメダルラッシュなど、見どころは山のようにあったはずなのに、七の記憶の中でオリンピックの印象はぼやけている。

それは、オリンピック以上に印象的な出来事が起こったからだ。

節分のあった週の金曜日、昼に茜とアカナナ洋菓子店の店番をしていると、七の携帯が鳴った。

耳に当てると西脇健人の声が流れた。

「ああ、七。夕方、ささやで会えない？　奢るよ」

何か嬉しいことがあったのか、幾分興奮気味に声が弾んでいた。

「いいわよ。何時？」

七は電話を切ると、茜を振り返った。

「健ちゃん。夕方、新橋で奢ってくれるって」

「そう。良かったじゃない」

アカナナ洋菓子店は、よくあるタイプの街のケーキ屋さんで、間口いっぱいの幅でショーケースを置いた売り場、その奥に厨房がある。厨房の隅には従業員がやっと腰を下ろせるスペースを取り、折り畳み式の椅子とテーブルを備えている。

テーブルの上にはラジオが載っていて、FM放送をBGM代わりに流すことが多い。今も音量を抑え気味にしてSMAPの『世界に一つだけの花』が流れている。

「健ちゃん、仕事はうまくいってるの?」

「……じゃないの。飲んでて愚痴ったりとかないし」

昨年から、健人とは月に二、三回、夕方会うようになった。居酒屋で飲んで食べて雑談するだけで、デートと呼べる類(たぐ)いのものではないが、それでも茜は気になるらしい。

確かに七は三十が近づいていて、世間的に見ればとっくに結婚していてもおかしくない。母親としては焦る気持ちがあるのだろう。

しかし、今の七はアカナナ洋菓子店の発展で頭がいっぱいだった。法律事務所を辞めてまでこの仕事に懸けたのだから、生半可な気持ちではない。世の中には仕事に燃えると恋も盛んになるという人もいるらしいが、七には無縁の話だった。

ささやに入ると、健人は先に来てカウンターに座っていた。

「これ」

挨拶もそこそこに、本を差し出した。表紙は都会の夜景のモノクロ写真で、タイトルは『砂の階段』。著者名は西脇健人。

七は本から目を上げて健人を見つめた。

「これ、書きたいって言ってた本だよね？」

健人は照れ臭そうに頷いた。

七の父が経営していた関口総合病院に「腹腔鏡手術の名医」という触れ込みで迎えられた石田医師は、技術の拙さによって手術ミスを頻発し、何人もの患者を死に追いやった。どうしてそんな事件を起こしてしまったのか、表面的な事実をいくら調べたところで真実は分からない。的確な想像力を武器に、医師の内面に分け入ってこそ初めて真実は見えてくると、健人は何度も語っていた。

「思い通りに書けた？」

「少なくとも俺は、一番真実に近づいたと思ってる」

健人は確信に満ちた目で答えた。普段はマイペースのおっとり型で、強い意志を感じさせる場面に出合ったことがないので、そのときの健人が、七にはたいそう新鮮に感じられた。

ゴールデンウィークを過ぎ、春というより初夏を思わせる日が続いていた。

七はその日、いつものようにケーキの配達に出掛け、アカシヤ珈琲店銀座店に立ち寄った。

「栗田さん、来週、六角先生がここにみえるよ」

ケーキを下ろし終えると、店長の能勢燿大に声を掛けられた。六角先生とは人気の時代小説家・六角丈太郎で、グルメとしても名高い。茜の作るケーキの卸売りが軌道に乗ったのも、六角が雑誌連載のエッセイに取り上げてくれたお陰だった。

六角は映画ファンでもあって、週に一回は午前中、銀座に映画を観に来る。その後はお気に入りの店で遅めのランチを食べ、喫茶店で一服するのが常で、アカシヤ珈琲店もお気に入りの一軒だった。

「喫茶店のことをエッセイに書くんで、写真が欲しいんだって。編集者が候補の中からうちを選んでくれた。それで親父が張り切っちゃってね。当日出て来るなんて言うから、迷惑だからやめろって」

燿大はアカシヤ珈琲店創業者の孫で、去年から父は会長、兄が社長、本人は専務取締役に昇進したが、引き続き銀座店店長を兼ねている。年齢は三十四歳。のびのび育ったお坊ちゃんだが、ちゃんと他人への気遣いも出来ていて、店員たちや七のような出入り業者とも分け隔てなく接した。

七はその嫌みのない人柄に接して「さすが、名店の御曹司（おんぞうし）は大したもんだわ」と感心したものだった。

「時間ある？ コーヒーご馳走するよ」

燿大が階上を指さした。銀座店の三階には社長室がある。

「ありがとうございます。ご馳走になります」

七は即答して頭を下げた。

「アカシヤブレンド二つ、タコ部屋まで」

燿大は冗談めかして店員に告げ、先に立って階段を上った。

七は何度か社長室に入ったことがあるが、燿大がタコ部屋と呼ぶのも納得だった。日のささない小さな部屋で、デスクと書類キャビネットの他は、くたびれた応接セットしかない。居心地のいいスペースは客席に使っているからだろう。

そして、そのキャビネットの中に早川書房の『ミステリマガジン』がずらりと並んでいるのを見てびっくりした。

「店長、ミステリーお好きなんですか？」

「好きなんてもんじゃないよ。大学のときは本気で作家になろうと思ったんだ。一度だけだけど、鮎川哲也賞の短編部門で、佳作に入選したことがあるんだ」

「すごい！」

七が歓声を上げると、燿大は珍しく得意そうな顔になった。

「今も、創作は続けていらっしゃるんですか？」

すると、今度は情けなさそうな顔になって首を振った。

「あれが限界だったんだ。あれ以上のアイデアは出てこなかったし、卒業したら仕事で手いっぱいで、創作の余裕はなくなった。本当に才能がある人は、働きながらでもちゃんと書ける。身の程が分かったんで、今は読むだけ」

そんな会話が印象に残っていたので、七は燿大に『砂の階段』をプレゼントした。七は傑作だと思ったが、身贔屓かも知れない。だから、まったく無関係の燿大の意見を聞いてみたかったのだ。

応接セットで向かい合い、コーヒーを一口飲むと、燿大はおもむろに言った。

「面白かったよ。感動した。傑作だと思う」

「本当ですか？」

燿大は大きく頷いてから、再び口を開いた。

「家族関係を描いているのが秀逸だね。あのくだりを読むと、石田医師がどうして無理な手術に突っ走ったか、非常によく分かった。先妻の子である二人の兄は東大医学部ストレート入学で、後妻の子である自分は三浪した末、三流私大の医学部に補欠入学した。家の中でも父と兄にずっとバカにされた。腹腔鏡手術で医学界に名声を轟かせることは、自分と母親にとって、家族と人生へのリベンジだった。だから最後まで腹腔鏡手術にしがみついた……。ものすごく腑に落ちたよ」

七もまったく同感だったので、それを聞いて嬉しくなった。

「著者が聞いたら喜びます」

「僕は面白い小説はジャンルを問わず、すべてミステリー的な要素があるというのが持論なんだ」

「人生不可解、ですもんね」

「その通り。人生も、人の気持ちも、謎に満ちている。だから純文学であっても、そこには必ず謎がある。そのお陰で文芸評論家は飯が食えるのさ」

七と燿大は小さく笑い声を漏らした。

「でも、どうやら小説だけじゃないらしい。いいドキュメンタリーもまた、謎をはらんでいるんだね。人生が不可解である以上は」

この言葉を健人が聞いたらどんなに喜ぶだろう。そう思うと、七は一刻も早く、健人に知らせたくなった。

「俺、アカシヤ珈琲店の回数券、買っちゃおうかな」

案の定、燿大の意見を伝えると、健人はデレデレと頰を緩めた。作家というのは褒め言葉が何よりの好物なのだと、このとき七は気が付いた。

「実はさ、これ、まだ内緒なんだけど……」

健人はいきなり声を潜め「『砂の階段』が、大河内壮太ノンフィクション賞の候補作に選ばれた」と告げた。

「ホント！」

思わず叫んだ七に向かって、健人は人差し指を唇に当てて「シー、シー！」と制した。

大河内壮太ノンフィクション賞は、日本では数少ないノンフィクション作品に贈られる文学賞で、賞金は百万円とさして高額ではないが、受賞をきっかけにベストセラーになった作品は少なくない。

「すごいじゃない」

七は声を低くして言った。

「まあ、まだ選ばれたわけじゃないけどね」

「候補になっただけでも大したもんよ」

ありきたりなセリフを口にしてしまったことに気が付いて、七は自分を叱咤した。

「ううん、絶対に受賞するわよ。私、信じてる」

健人は気弱な笑みを浮かべた。「七に信じてもらってもなあ」などと軽口を叩く気にもなれないらしい。その眼にすがるような色が浮かんでいるのが見えて、胸をつかれる思いがした。最終候補者は不安と恍惚の間をさまよって、揺れているのだ。

「大丈夫よ、健ちゃん。絶対受賞するから」

七は声に力を込めて、繰り返した。

健人は安堵したように、ほっと溜息をついた。

「健ちゃんも、頑張ってるのねえ」

帰宅して、茜に健人の著作が大河内賞にノミネートされたことを話すと、茜は感心したように目を細めた。

「莉乃ちゃんも希望通り就職内定したし、良いこと続きだわ。これで健ちゃんが受賞したら、言うことないんだけど」

アカナナ洋菓子店で働く田北その子の一人娘・莉乃は、高校卒業後、パティシエを目指して調理学校で学んでいたが、先頃大手ホテルの洋菓子部門に採用が決まったと、今日、その子が知らせてくれた。

「みんな、どんどん一人前になっていくのね」

「もしかして、寂しい？」

「そんなことないわよ。子供がちゃんと一人前になってくれないと、親は心配でおちおち年も取れやしない」

「じゃ、ママは年を取らないね。いつも心配かけてるから」

茜は何も言わずに苦笑した。

しかし、言葉に出さなくても、母が七の婚期が遅れているのを心配していることは知っていた。さすがに今は「女はクリスマスケーキと同じ。二十五過ぎたら売れ残り」ということはないが、三十歳は節目だった。それがもう目の前に迫っていた。

母の気持ちは承知していたが、それでも七は自身の結婚については漠然としていて、具体的なイメージが湧いてこなかった。他人事のような気さえする。もしかして自分は結婚に向いていないのかも知れないと、ふと考えることさえあった。

「栗田さん。来週の土曜、夕方、空いてる?」

配達を終え、車に戻ろうとすると、燿大が店の外までついてきて尋ねた。

「はい。空いてますけど」

「これ、観に行かない?」

ポケットから取り出したのは、帝国劇場で上演中の有名ミュージカルのチケットだった。プラチナチケットだと聞いている。

「いいんですか?」

「本の御礼」

燿大はチケットを七に手渡すと、いつものように「お疲れさん」と言って背を向け、店に戻っていった。

七は「エビで鯛(たい)釣っちゃった」と単純に喜んだ。

当日もその心持ちのまま、帝国劇場へと赴いた。

上演が終わり、燿大に「ごはんでも食べよう」と銀座八丁目の割烹(かっぽう)に誘われたときも、まだ「エビ鯛」と思っていた。

しかし、上品な割烹で個室に案内され、ビールで乾杯した直後、燿大は突然、夢にも思わないことを言い出した。

「栗田さん、僕と結婚してくれない？」

七は一瞬、聞き間違いかと思った。ポカンと口を半開きにして燿大の顔を見返したが、至って真面目で、冗談を言っているようには見えない。

「あのう……」

どうして突然プロポーズなのか、真意を問おうと口を開きかけたが、びっくりしすぎて言葉が出てこない。ボキャブラリーの在庫が空っぽになってしまったみたいだ。

「突然で、驚いた？」

七は黙って頷いた。

「でも、僕は一年近く考えてたんだよ」

一年前と言えば、アカシヤ珈琲店と取引が成立して間もない頃だ。

「実を言うと、最初に飛び込みで営業に来たときから、気になっていたんだ。行動力があって、良い意味で無鉄砲で、面白い人だなと思った」

燿大は七を見て微笑んだ。

「ご存じのようにうちは家族経営だから、僕はもちろん、妻になる人もアカシヤ珈琲店の経営に携わることになる。うちの両親と兄夫婦がそうだったみたいに。だから、結婚相手はパートナーとして共に事業をやっていける人が望ましい」

燿大は仕入れ価格の話でもするように、淡々とした口調で言った。

「栗田さんのことをずっと見ていて、この人とならうまくやっていけるんじゃないかと思った。勘がいいし、意欲がある。事業に向いてるよ。現に、栗田さんのお母さんがゼロから始めたアカナナ洋菓子店は、順調に業績を伸ばしてる」

障子の外から「失礼いたします」と声が掛かり、仲居が先付けの器を運んできた。

「ま、食べながら話しましょう」

仲居が料理の説明をして立ち去ると、燿大は箸を取った。竹で作った筏の上にガラスの器が載って、中には寄せ木細工のようなきれいな料理が盛り付けてあった。エビのすり身の冷製なんとかという説明だったが、右の耳から左の耳へ抜けてしまった。

「それに、ミステリー好きというのが分かって、これはもう栗田さんしかいないと思った。プライベートで共通の趣味があるって、大事だと思うよ」

燿大はグラスに残ったビールを飲み干すと、七にメニューを広げて見せて、何がいいか尋ねた。

「なんでも結構です」

「日本酒、大丈夫？」

「はい。好きです」

燿大はにっこり笑って仲居を呼び、吟醸酒の冷酒を注文した。

「それに僕は次男だから、栗田さんのお母さんと一緒に暮らすことも出来るし」

七はハッとして気持ちを引き締めた。夢の中にあったプロポーズが、いきなり現実に姿を現したような気がした。

「あの、どうしていきなりプロポーズなんですか？　普通、最初は付き合ったりとかするんじゃないですか？」

すると、燿大は少し悲しげな眼をして首を振った。

「僕は大学を卒業した年に、ある女性と出会って熱烈な恋に落ちた。お互い若かったから、気持ちは一気に燃え上がった。ただ、頭の片隅では、彼女とは性格が違いすぎて、うまくいかないと分かっていた。もちろん、そんな理由で恋愛が止まるわけがない。でも、結局、うまくいかずに別れることになった」

燿大は小さく溜息をついた。

「それでわかったんだ。うまくいかない人とは、結局破局するって。反対に、うまくいきそうな可能性大の人とは、きっとうまくいく。そんなら、付き合うなんて時間の無駄だ。さっさと結婚した方が良い」

七は半ば呆れ、半ば感心して燿大を見返した。すると燿大は、照れ臭そうに付け加えた。

「要するに、もう待ちきれないくらい、栗田さんが好きになったってわけ」

その夜、家に帰る道すがら、七はずっと考えていた。このプロポーズを受けるべきか、断るべきか。

燿大の人となりは、ある程度承知している。一言で言えば中庸(ちゅうよう)だ。意地の悪いところや偏屈なところがなく、公平で、思いやりがある。頭も良いし、ユーモアのセンスも持ち合わせている。

容姿は中肉中背で、特別ハンサムではないが、品が良くて嫌みのない、感じのいい顔立ちをしている。

冷静に考えて、夫としては百点満点に近いと思う。結婚したらきっと妻を大切にするだろう。燿大と結婚する女性は幸せになれるに違いない。それに、燿大と結婚すれば、茜の老後の心配もなくなる。

「……というわけなんだけど」

七は帰宅すると、茜にプロポーズの経緯を話した。びっくり仰天すると思いきや、茜はさして驚いた風もない。

「知ってたの？」

「だって年頃の男性が、年頃の女性を帝劇に招待するんでしょ。そりゃ何かあると思うわよ」

こともなげに言われて、七はまたしても茜の勘に恐れ入った。

「で、どうするの？」

「分かんない。ただ、急がなくていいから、じっくり考えて答えを出してほしいって言われた。それと、イエスでもノーでも、店同士の取引には何の影響もないから、安心してくださいって」

「それを聞いただけでも、店長さんがいい人って分かるわ」

「うん。すごくいい人」

それなのに、どうして自分の気持ちは結婚に向けて走り出さないのかと、七は訝った。以前、友川に恋をしたときは、あんなに先走って前のめりになったのに。

「……そうか」

　不意に気が付いた、恋していないからだと。燿大には好意を持っているが、好意と恋とは違う。

「恋と結婚は別物なのよ。恋と愛もね」

　茜は七の心を見透かしたように言った。

「結婚って夫婦の長年にわたる共同事業みたいなものだから、恋がなくてもやっていける。でも、愛がないと続かない」

　経験に裏打ちされた茜の言葉には重みがあった。

「プロポーズを受けるのも断るのも、七ちゃんの気持ち次第よ。だからママはどっちでも賛成。ただ、恋をしていない相手と結婚するのは不純だって考えてるなら、それは違うわ。恋は落ちるもので、愛は育てるものなの。だから恋のない結婚がダメとは限らないけど、愛のない結婚は破綻するのよ」

　茜の言葉で、七は気持ちが楽になった。

「でも、ますます迷いそう」

「いいじゃないの。ゆっくり考えて決めれば」

　どういうわけか、七は健人のことを思い出した。健人は今、最終候補者の恍惚と不安の真っ只中にいる。

もしかして、自分が感じた気持ちの揺れも、恍惚と不安なのだろうか……。

月曜日の夕方、六時ちょっと前に、七の携帯電話が鳴った。七は配達を終えて帰宅した直後で、ソファで伸びをしていた。茜は夕飯の支度を始めようと、キッチンに立ったところだった。

「はい……」

耳に当てた途端、健人の絶叫に近い声が鼓膜に突き刺さった。

「獲った！」

七は顔をしかめ、携帯を少し耳から離したが、声は届いた。

「大河内賞、獲った！」

「ホント⁉」

七は再び携帯を耳に押し付け、健人に負けない声を張り上げた。

「獲った、獲った！」

「おめでとう！」

「これから、受賞会見。また連絡する！」

通話が終わると、七は携帯を握りしめたまま茜を振り返った。

「ママ、健ちゃんが大河内賞、獲ったって！」

「あら、まあ。良かったこと」

「私、絶対獲ると思ったんだ」

健人の興奮が乗り移ったように、七も声を弾ませた。

身体の中を喜びが駆け巡るような気がした。じっとしていられず、七は携帯を置くと、茜に抱きついた。


「社長、健ちゃんの大河内賞受賞、おめでとうございます」

翌日、スーパーウエストに買い出しに行った際、七は社長室に顔を出して卓人に挨拶した。

「ああ、ありがとう。しかし、なんともショボい賞だよなあ」

卓人は座っていた椅子をぐるりと回して七と向き合い、四つ折りにした新聞を目の高さに掲げた。健人が大河内賞を受賞した記事は朝刊に載っている。

「記事なんかたった三行半だよ。みくだりはんかっての」

「しょうがないわよ。普通の人は芥川賞と直木賞しか知らないんだから」

くさしながらも、卓人が息子の成功を喜ぶ気持ちは伝わってきた。

「じゃあ、健ちゃんによろしく」

社長室を出て、駐車場に停めたバンに乗り込んだ途端、携帯電話が鳴った。

「七、夕方、ささやで会えない？」

「いいわよ。でも健ちゃん、飲んでる暇あるの？」

「大あり。まだ余裕だよ」

ささやに現れた健人は、わずかな間に少し印象が変わったように思われた。以前より余裕が感じられる。

「おめでとう！」

まずは生ビールで乾杯した。

「今日は受賞祝いに、私が奢ってあげるね」

「いいよ、別に」

「だって、受賞のお祝い、何あげていいか分かんないんだもん。ここの飲み代で済めばラッキーって感じ」

「七」

健人は急に背筋を伸ばし、口調を改めた。

「結婚してくれないか」

七は息を呑んだ。予想だにしなかった事態に、言葉を失った。

「『砂の階段』を書いているときから考えてたんだ。大河内賞を獲ったら言おうと思った。俺は七と一緒に生きていきたい」

燿大にプロポーズされたときはまるで予想外で、しばし混乱した。健人のプロポーズも予想外だった。しかし、混乱はしていなかった。むしろ、妙な納得があった。山手線がぐるりと回るのが当然のように、健人と自分も正しいコースを通っているように思えた。

「うん」

七がはっきりと答えると、健人は泣き笑いのような顔になった。

「いきなり『うん』って言うなよ。もうちょっともったいつけないと、ドラマにならんねえよ」

「私、カッコつける男ともったいつける女、嫌いなの」

しかし、健人といい、燿大といい、どうして七にプロポーズした男性は、「付き合う」過程をすっ飛ばしていきなりプロポーズするのだろう。

「でも健ちゃん、プロポーズの前に付き合うとか考えなかったの?」

「考えたよ」

健人はいささか憤慨したような口調になった。

「何度も、言い出そうとした。でも、七はその度に別のことに気を取られて、俺なんかそっちのけになった。だからもう、一気にプロポーズするしかないと思ったんだよ」

「そうか。ごめん、気が付かなかった」

健人は「まったくもう、これだから七は……」とジャブを返してくるかと思ったが、至極神妙（しんみょう）な表情になった。

「ありがとう」

健人は真摯（しんし）な声で言って、七の手に自分の手を重ねた。

「すみません」

翌日、アカシヤ珈琲店銀座店に配達に行ったとき、七は正直にすべてを打ち明けた。

燿大は気を悪くした様子もなく、静かに首を振った。

「正直、こうなるような気がしてたんだ。栗田さんが西脇さんのことを話す様子を見て」

「私、夢にも思っていませんでした。でも、プロポーズされたら、妙に納得してしまって」

「運命だったんだよ。いや、ご縁と言うべきかな」

燿大は少し寂しそうに微笑んだ。

「僕は栗田さんとご縁がなかった。それなのに強引にご縁を結ぶ情熱もなかった。だから断られるのは当然の帰結だと思う」

燿大は「おめでとう。末永くお幸せに」と祝福してくれた。

七は自分の幸せをかみしめ、燿大の幸せも心から願っていた。

エピローグ

た。

「ただいま」

七と茜が玄関のドアを開けると、上品な出汁の香りがふわりと鼻先に漂ってき

「おかえり」

ダイニングキッチンのテーブルには、すでに健人と息子の修人、娘の棗がついていて、母と祖母の帰りを待っていた。テーブルの上ではカセットコンロに載せた鍋が湯気を立てている。

「ママとお祖母ちゃん、セーフ。ちょうど野菜が煮えるとこ。今からブリ投入」

棗が指でOKサインを作った。来年は中学受験で、去年から塾通いで忙しい。兄の修人は今年私大の附属中学に合格したので、大船に乗った気でサッカーに精を出している。

七は花びらのように大皿に盛り付けられたブリをのぞき込んだ。

「ブリしゃぶ?」

健人が付けダレの器をテーブルに置きながら答えた。

「〝ウエスト〟の魚売り場で刺身用のブリ売ってたから、挑戦してみた。ブリしゃぶ、初めて?」

七と茜は同時に頷いた。

「ブリと言えば照り焼きくらいね」

「早く座って。待ちくたびれた」

修人がブリから目を上げて言った。

七と茜はそれぞれの席に着き、全員が「いただきます」と箸を取った。

「前にご馳走になった店では、薄い餅でブリをくるんでしゃぶしゃぶして食べた。ほんとはそれやりたかったんだけど、うちの店じゃ売ってなくてさ」

スーパーウエストは健人の父の店だったが、今は妹の珠夫婦が経営の主力になっている。

「あら、充分に美味しいわよ。このタレ、ちょっと変わってるけど、合うわね」

茜がミディアムレアに火の通ったブリを口にして言った。

タレはめんつゆとぽん酢を合わせたものだが、紅葉おろしの代わりに柚子胡椒を使ったアイデアを褒められて、健人は得意そうだ。

「ナツ、ブリは火を通しすぎない方が旨いぞ」

「パパ、鍋奉行、嫌われるよ」

たしなめられて、健人は首をすくめてみせた。鍋を囲む一家に、小さな笑いの輪が広がった。

　健人が一家の食事作りを引き受けるようになったのは、七が修人を妊娠したときだった。その少し前、健人は出版社を退職し、執筆活動に専念していた。

　七が病院から戻って妊娠を告げると、健人は少しのためらいも見せず、きっぱりと宣言した。

「これから夕飯は俺が作るから、七もお義母さんもやらなくていいよ。二人は外で働いてる。俺はほとんど一日家にいる。俺がメシ作った方が合理的だよ」

　その言葉を聞いたとき、七は涙が出るほど嬉しかったが、果たして続くかどうか危ぶんだものだ。毎日の夕食というのは、ハンバーグが作れるとか焼きそばが作れるとかでは務まらない。少なくとも半月は重ならないように、おかずのメニューを組み立てなくてはならないのだが、健人にそれだけのレパートリーがあるとは思えなかった。

　しかし、健人はへこたれなかった。最初は七と茜に夕食のメニューを作ってもらい、料理本を見ながらその通りに作っていたが、やがてメキメキ腕を上げ、自分で主菜と副菜の組み合わせを考えて作るようになった。時には渡り蟹のトマトクリームパスタという、七と茜には思いもつかない料理も登場した。

健人が料理作りに習熟したのは、一つには買い物と料理が執筆の息抜きになったこともあるが、もう一つは七の悪阻（つわり）が重かったことだ。一時は吐き気がひどくて水も喉（のど）を通らず、十日間入院して治療を受けるほど重篤（じゅうとく）になった。

健人は献身的に七を支えた。退院してからも体調が回復するまで、七の代わりにケーキの配達をした。さすがにそのときは夕食もスーパーの総菜が増えたが、七も茜もそんなことは不満に思わなかった。健人の優しさが身に染みて、ただ感謝しかなかった。

七が健人にゆるぎない信頼感を抱いたのは、この時期の健人の振舞いによる。もし、悪阻で苦しむ妻に冷たい態度をとっていたら、その後の夫婦の関係も変わっていただろう。

二年後に棗を身ごもったとき、七と健人は茜と相談の上、それまで住んでいたマンションを手放し一戸建てに引っ越すことにした。

幸いなことに、駅から徒歩圏内に土地の出物があった。なんとか工面（くめん）できる値段だったので、購入して注文住宅を建てた。

新しい家に一番夢中になったのは茜だった。暇さえあれば自分で家の設計図を描き、工務店とあれこれ交渉しては注文を出した。

「お義母さんに建築の趣味があったなんて、初めて知ったよ」

「私も」

七は何度も設計図を書き直してはうっとり眺める茜を見て、不思議な気がした。だが、すぐに気が付いた。今度建てる家は、茜の「終の棲家」となる。茜の暮らす最後の家で、おそらくこの家で最期を迎える。

それに気が付いてからは、七は家の設計は茜の好きにさせようと決めた。満足するまで、何度でも注文を出して手直しさせればいい。それが自分に出来る最後の親孝行かも知れないと、七はちょっぴり悲しい気持ちで考えた。


「ねえ、ママ、実は前から考えていたんだけど」

夕食後、子供たちがそれぞれの部屋に行って大人だけになると、七は大切な話を切り出した。

「うちのケーキを通販でも買えるようにしようと思うの」

「通販?」

「昔、青森の『ラグノオ』って会社のアップルパイをお取り寄せしたの、覚えてる？」

茜は一瞬眉を寄せて宙を見たが、すぐに思い出した。

「アップルパイが通信販売できるなら、うちのバナナケーキとダークフルーツケーキも出来ると思うの。割と日持ちするし」

「そうねえ……」

茜は視線を落として考え込んだ。人手や店の規模を考えているのだろう。ケーキの作り手は今も茜と七と前野里美の三人だ。里美は夫が定年退職したのを機にフルタイム勤務になったが、三人でこれ以上ケーキを作るのは無理だった。それに、これ以上働き手を増やしたら厨房が手狭になる。

「もちろん、人の数は増やしましょう。ケーキ作りの担当の他に、通販用の包装と郵送を担当する人も必要かも知れない。仕事場は建て直すしかないわね。今の規模じゃ小さすぎる」

「その間、ケーキはどこで作るの？」

「〝ルナール〟の跡地がいいと思うんだけど」

茜はあんぐり口を開けた。

喫茶店ルナールは、マスターの萩尾有二に認知症の兆候が表れたため、去年閉店した。妻のまりは二人で入居できる老人ホームを探している。

「ルナールはうちの店より広いから、三階建てにして、一階をケーキ売り場、二階を喫茶店、三階を厨房にしたら良いと思うんだけど」

「でも、喫茶店なんてやったこともないし」

「うちが直接経営しなくても、例えばアカシヤ珈琲店にテナントで入ってもらったらどうかしら」

茜は目を上げたが、視線は困惑気味にさまよっていた。

「冒険ね。なんだか怖いわ。ママ、もうすぐ七十なのに」

「ママは五十過ぎて、ゼロからアカナナ洋菓子店を立ち上げた人じゃないの。それを考えたら、今度のことは冒険でもなんでもないわ。ただの経営拡張だもの」

茜は救いを求めるように健人を見た。健人はアカナナ洋菓子店のことには一切口を出さないが、いつも温かい目で見守って、応援していた。

「俺が口を挟むことじゃないけど、お義母さんは持ってる人だと思う」

「そうかしら」

「そうだよ。五十過ぎまで専業主婦だった人が、ケーキの仕事を始めて、ここまでの規模にしたんだから。上り坂まっしぐらじゃない」

「そうよ。ママ、この勢いが続くうちに、出来るだけ高いところまで上りましょう。今が飛躍の時期なのよ」

二人に説得されて、茜の気持ちも動き始めた。

「……そうね」

七は安堵の溜息を漏らした。もし茜が反対したら、この計画は諦めるつもりだった。

「正直言うと、ママは、ルナールの跡に似ても似つかない店が出来たら嫌だなって思ってたの。ケーキの店と喫茶店なら、面影は残ってるものね」

有二とまり夫婦は茜にとって親代わりであり、ケーキの卸販売を始めるきっかけを作ってくれた、いわば恩人でもあった。

「実は、俺も話があるんだ」

健人が口調を改めた。

「年が明けたら、カンボジアに三ヶ月取材に行ってくる」

「急だこと」

茜は驚いて目を瞬いたが、七はある程度予想していた。秋に入ってから、健人がしきりとカンボジア関係の資料を取り寄せたり、現地の事情に詳しい人を取材したりしていたからだ。

「もう、題材は決まってるの？」

「孤児院ビジネス」

「何、それ？」

「NPOでカンボジアに行ってた知り合いから、孤児でない子供に孤児を演じさせて、寄付金を集めてる孤児院があるって聞いたんだ。それが結構ビジネスになってると」

その孤児院を運営している組織や背景を詳しく調べて本にしたい、と健人は語った。

「危なくないの？」

茜が心配そうに尋ねた。

「大丈夫。気を付けるよ」

健人は軽く答えたが、取材には相当危険が伴うだろうと、七には容易に想像できた。しかし、引き留めようとは思わなかった。七と茜がケーキ作りの仕事に懸けているように、健人もノンフィクションの執筆に懸けているのだ。それを邪魔することは出来ない。

「食べ物に気をつけてね。蚊取り線香と虫よけスプレーも、いっぱい持っていった方がいいわよ」

「俺はジャングルに行くわけじゃないよ」

健人は苦笑を浮かべて首を振った。

「それより俺の留守中、飯、どうする？」

「大丈夫。今は家事代行も頼めるから。三時間で作り置き料理を十五品も作ってくれるんですって。テレビで観たわ」

「でも、子供たちはパパの味を恋しがるんじゃないかしら」

茜が優しく言い添えた。

「俺の作る飯はあの子たちのDNAに浸み込んでるからな」

七は微笑んだ。自分は本当にいい母親といい伴侶（はんりょ）に恵まれたと、しみじみ思った。

七は声に出さずに茜に語りかけた。

ママ、これからも二人で坂道を上っていこうね。そしてアカナナ洋菓子店を、しっかりした故郷に育てよう。ママも、私も、健人も、修人も、棗も、いつでも帰ってこられて、安心して羽を休めることの出来る、素敵な心の故郷に……。

まるで七の声が聞こえたかのように、茜はにっこり笑って大きく頷いたのだった。

特別収録　ケーキレシピ

バナナケーキ

Banana Cake

……材料（パウンド型3本分）

バナナ……大5本（500〜600g）
レモン……1個
バター……100g
サラダ油……30g
小麦粉……250g
砂糖……200g
卵……小4個（大の場合は3個）
ベーキングパウダー……小さじ山盛り1（約8g）

……… 作り方

1 バターをボウルに入れて室温に戻し、木べらで練ってクリーム状になったら砂糖を加え、サラダ油を加えながら混ぜ合わせる。

2 1に卵を入れて混ぜる。

3 2に小麦粉、ベーキングパウダーをふるって入れ、ざっくり混ぜる。

4 バナナの皮を剥いて輪切りにし、レモンを搾った汁で和え、3に加える。

5 レモンの皮を擂りおろして4に入れ、全体をざっくり混ぜる。

6 パウンド型に紙（ケーキシートがなければ、模造紙を適当な大きさに切って用いてもＯＫ）を敷き、5を流し入れる。

7 160℃に予熱したオーブンで1時間10分～15分焼く。

8 表面の焼け具合を見て、これ以上焦げ目をつけたくないところでアルミホイルをかぶせる。

9 あら熱が取れたらパウンド型から出して、切り分けて召し上がれ。

ダークフルーツケーキ

Dark Fruit Cake

……材料（パウンド型3本分）

洋酒（安いブランデーが最適）に2週間以上漬けたドライフルーツ…… 500g
バター…… 150g
サラダ油…… 50g
小麦粉…… 300g
卵…… 小4個（大の場合は3個）
砂糖…… 白砂糖180gと黒砂糖50g
レモン…… 半分～3分の2個
ベーキングパウダー…… 小さじ山盛り1（約8g）

……… 作り方

1 洋酒に漬けたドライフルーツを粗みじんに刻む。

2 ボウルにバターを入れて常温に戻し、木べらで練ったら2種類の砂糖を加え、サラダ油を加えながら混ぜ合わせる。

3 2に卵を加えて混ぜ合わせる。

4 3に小麦粉、ベーキングパウダーをふるって入れ、ざっくりと混ぜる。

5 4に刻んだドライフルーツを汁ごと入れる。

6 5にレモンの搾り汁、摺りおろした皮を加え、全体をざっくりと混ぜる

7 パウンド型に紙を敷き、5を流し入れる。

8 160℃に予熱したオーブンで、1時間30分焼く。

9 タイミングを見て、途中でアルミホイルをかぶせる。

10 あら熱が取れたらパウンド型から出す。2週間くらい常温保存できる。

著者紹介
山口恵以子（やまぐち　えいこ）
1958年、東京都江戸川区生まれ。早稲田大学文学部卒業。松竹シナリオ研究所で学び、脚本家を目指し、プロットライターとして活動。その後、丸の内新聞事業協同組合の社員食堂に勤務しながら、小説の執筆に取り組む。2007年、『邪険始末』で作家デビュー。2013年、『月下上海』で第20回松本清張賞を受賞。
主な著書に、「婚活食堂」「食堂のおばちゃん」「ゆうれい居酒屋」シリーズや『風待心中』『毒母ですが、なにか』『食堂メッシタ』『夜の塩』『いつでも母と』『食堂のおばちゃんの「人生はいつも崖っぷち」』『さち子のお助けごはん』『ライト・スタッフ』『トコとミコ』などがある。

目次・扉デザイン――小川恵子（瀬戸内デザイン）

本書は、月刊誌『PHP』に連載された「バナナ色の坂道」（2021年7月号～2022年12月号）に大幅な加筆・修正を行い、書籍化したものです。

PHP文芸文庫　バナナケーキの幸福
アカナナ洋菓子店のほろ苦レシピ

2023年2月22日　第1版第1刷
2023年3月27日　第1版第3刷

著　者　山口恵以子
発行者　永田貴之
発行所　株式会社PHP研究所
東京本部　〒135-8137 江東区豊洲5-6-52
文化事業部　☎03-3520-9620(編集)
普及部　☎03-3520-9630(販売)
京都本部　〒601-8411 京都市南区西九条北ノ内町11

PHP INTERFACE　https://www.php.co.jp/

組　版　有限会社エヴリ・シンク
印刷所　大日本印刷株式会社
製本所　東京美術紙工協業組合

ISBN978-4-569-90283-8

PHP文芸文庫

婚活食堂 3

山口恵以子 著

元占い師の女将が営む「めぐみ食堂」には、恋の悩みを抱える客が訪れて……。シニア婚活など最新事情も盛り込んだ人気シリーズ第3弾。

PHP文芸文庫

婚活食堂 4

山口恵以子 著

めぐみ食堂にハイスペックな男性が客としてやってきた。彼を巡って争う女性客たちに、元占い師の女将めぐみは……。人気シリーズ第4弾。

PHP文芸文庫

婚活食堂 5

山口恵以子 著

婚活にご利益があると噂される食堂に、今夜も〝わけあり〟客が続々と……。ＡＩ婚活など最新事情も盛り込んだ、人気シリーズ第5弾。

PHP文芸文庫

婚活食堂 6

山口恵以子 著

「めぐみ食堂」が婚活のパワースポットとしてテレビに登場⁉ 元占い師の女将が結婚にまつわる問題を解決する、人気シリーズ第6弾。

PHP文芸文庫

風神雷神 Juppiter, Aeolus（上）

原田マハ 著

ある学芸員が、マカオで見せられた俵屋宗達に関わる古い文書。「風神雷神図屛風」を軸に、壮大なスケールで描かれる歴史アート小説！

PHP文芸文庫

風神雷神 Juppiter, Aeolus（下）

原田マハ 著

織田信長、狩野永徳にその才能を見出され、天正遣欧少年使節とともに欧州に渡った俵屋宗達が出会ったもう一人の天才画家とは……。